『凄皇裂空』ッ!!
ダリエル

「御託はいい、さっさと来い」

「後悔して
死ねえええ!!」
『絢火』の
バシュバーザ

「あんッ……。
この子抱っこするたび
おっぱい揉んでくるのだわ。
やんちゃさん」
『華風』の
ゼビアンテス

解雇された暗黒兵士(30代)の
スローなセカンドライフ
3
岡沢六十四
Illust sage・ジョー

Kaiko sareta
Ankoku heishi (30dai) no
Slow na Second Life 3

CONTENTS

7 アランツィルとグランバーザ、和解する
18 老人、入り浸る
27 魔王、凄いヤツだった
36 グランバーザ、納得する
43 勇者レーディ、四天王を擁護する
52 凶報、来たる
60 炎魔獣、現る
68 ダリエル、推理する
77 ゼビアンテス、グランバーザを励ます
85 ダリエル、救助活動する
93 バシュバーザ、復讐のために出撃する（四天王side）
104 ダリエルとバシュバーザ、再会する
113 ダリエル、不当な非難を受ける
121 バシュバーザ、袋叩きにされる
130 ダリエル、怒る
139 ダリエル、優しさを説く
147 勇者レーディ、魔獣と戦う（勇者side）
158 両雄、共闘す（勇者side）
166 勇者レーディ、華を持たされる（勇者side）
176 ダリエル、合流する
185 バシュバーザ、最後の悪あがきする
194 ダリエル、決着をつける
203 戦い、終わる
211 バシュバーザ、地獄に落ちる（四天王side）
221 両雄、辞去する
228 四天王ドロイエ、勇者を待ち受ける（四天王side）
237 ゼビアンテス、久々に他の四天王と会見する（四天王side）
247 四天王ゼビアンテス、おっぱいを揉まれる
255 ゼビアンテス、讃えられる（四天王side）
264 書籍版オリジナル書き下ろし 父、狼狽する

Design 小久江厚＋モンマ蚕（ムシカゴグラフィクス）

アランツィルとグランバーザ、和解する

ラクス村。

我が第二の故郷。

そこに世界最強の二人が集結していた。

「はあああ……、可愛(かわい)いなあ……」

「宝だ。この子こそ世界の宝だ……」

そしてウチのジュニアことグランくんにメロメロとなっております。

先代四天王『業火(ごうか)』のグランバーザ様と。

先代勇者アランツィル。

かつて幾度となく激闘を繰り広げ、宿命のライバルと並び称される二人が。

ベビーベッドでお昼寝中の我が息子に付きっきりで離れません。

「孫……、これが孫……！　なんと尊い、神聖なる存在……⁉」

「私が『お祖父(じい)ちゃん』と呼ばれる日がこようとは……！　わかる……！　今ならわかるぞ……！

男は皆、立派なお祖父ちゃんになるために生き抜くのだ……‼」

……。

……まあ。

平和なら、それが一番何よりだが。

何せ本来は宿敵同士の二人である。

人生の大半を互いを滅ぼすために費やし、ついに双方とも滅ぼされることなく引退するまで戦い続けたという稀有な例。

その分憎しみも降り積もり、今なお出会えば殺し合うしかない。

そんな、ある意味で特別過ぎる間柄の二人であるが、そんな積年の憎み合いも……。

「あああああああぁ……、可愛いなあぁ……⁉」

「よしよしよしよしよしよしよしよしよしよしよしよし……‼」

ウチの子の前ではどうでもよくなっていた。

恐るべし赤子の可愛さ。

「……おいグランバーザ」

「あぁ？　なんだ？」

「私の孫に馴れ馴れし過ぎやせんか？　魔族の分際で？」

「何を言う。この子はダリエルの息子。私が手塩にかけて育て上げたダリエルの息子だぞ。それは我が孫も同じではないか！」

「戯言を言うな魔族が！　いいか？　ダリエルは人間族、その子グランも人間族！　魔族のお前が関わる余地などない！　私こそ！　ダリエルと血の繋がりがある私こそ真のグランのお祖父ちゃん‼」

「心の絆は血縁を超えることもある！　この子の名前を言ってみろ！　グランだぞ！　何を由来に

していかるかわからんとは言わせない!!」

「ぐぬぅッ⁉」

「記念すべき長男に私の名を使ってくれるとは……！　絶対的な尊敬の念を感じるぞ……!!　ダリエルは本当に孝行なヤツだ……！」

「う、生まれたばかりならまだ改名の余地が……！　なあダリエル！　ここはここはグランではなくアランに名前を変えて……⁉」

煩いです。

ウチの子がお昼寝中なんですから枕元で口論しないで。

とまあ、こんな風に老人二人、新生児にピッタリくっついて離れようとしない。

周囲を巻き込むレベルで凄絶な殺し合いをしない分、迷惑がなくていいんだけど……⁉

「ギャー!!　私がグランのお祖父ちゃんだ！　直系なのだぞう⁉」

「この子の名前は、私から取られたんだから！　私にこそお祖父ちゃんの資格がある!!」

だからベビーベッドの傍で言い争いしないでください。

グランくんがお昼寝から起きちゃうでしょう？

さすがに注意しようと進み出るが、それより前にトレイが二英雄の脳天に垂直落下した。

ゴンッ、ゴンッ、と……!!

「ぐえぇッ⁉」「あべじッ⁉」

「ウチの子のお昼寝中に騒がないでください……！」

お盆を下したのはマリーカだった。

我が妻。人間族魔族をそれぞれ代表する英雄二人に臆することなし。

「赤ちゃんにはお昼寝こそ大切な時間。それを邪魔するなら部屋から出ていってもらいます」

「すみません！　申し訳ありません……！」

「もうケンカしません！　静かにするので、どうか出禁だけは御勘弁を……!!」

ウチのカミさんやっぱ強え……！

歴代最強の勇者と四天王がひれ伏している……!?

マリーカから散々説教されたあと、ほとぼりを冷ますためか息子グランから一旦離れてこっちに来た。

「……やれやれ、ダリエルよ。お前の奥さんは怖いなあ」

「いや、私の妻もあれぐらい気が強くてなあ。……男は、自分の母親に似た女を好きになると言うが、やはり血に刻み込まれてるんだなあ」

当たり前のように和気藹々（わきあいあい）とする仇敵（きゅうてき）同士を眺めて、俺はさっきから気が遠くなっているのであった。

さて。

ここで一回情報を整理し直しておこう。

先代四天王の一人グランバーザ様と。

先代勇者アランツィル。

この二人は各々魔族人間族の代表となって戦い合ってきた宿敵同士。

……であることは、さっきから何回も言っているが。

この二人、それぞれ独特の経緯で俺の重要な関係者であった。

まず四天王のグランバーザ様は言わずもがな。

かつて魔王軍で暗黒兵士をしていた俺の上司であり、公私に亘（わた）って大変お世話になってきた。

お世話になったどころか、孤児であった俺を拾って育ててくれたのだから父親のような御方と言っていい。

つまり育ての親。

それがグランバーザ様だった。

一方、かつて勇者であったアランツィルだが、前職魔王軍であった俺にとっては、まさに怨敵。

戦場で出会って死ぬような思いをさせられたことなど一度や二度じゃない。

しかしよりにもよって、そのアランツィルこそが俺の実父だという。

若い頃、魔族にさらわれた息子を必死で取り戻そうとしたが、結局手掛かりもなく見失い。

喪失の悲しみを憎しみに変えて、魔族殲滅（せんめつ）のために戦ってきたのが勇者アランツィルだという。

その生まれたばかりで行方知れずとなった勇者の息子。生き別れたタイミングやら経緯に関わる人物やらを照らし合わせた結果、俺と同一人物である可能性が濃厚、というか確定といった感じで……。

つまり歴代最強の勇者が、血縁のある実父。

ということらしかった。

「うわぁー、ビックリだあ」

としか俺も言いようがない。

息子を奪われた怒り憎しみを動力に魔族と戦ってきた先代勇者だが、その息子が敵陣にいたという皮肉。

事実が発覚して再会を果たしても、別れの際は赤ん坊であった息子も今では三十過ぎたいいオッサン。

共に過ごすはずだった何十年もの時間は戻ることはないとやっぱり怒り狂っていたところに、その狂乱を止めたのが我が子グランくんの可愛さだった。

アランツィルにとっては息子の息子……、孫に当たるこの子だが。

三十年の時を超えて奪われた息子がそのまま帰って来たような錯覚を覚えたのだろう。

グランくんにメロメロになる形で最終決戦は回避されるに至った。

グランバーザ様の方も、自分の名前を受け継いだグランにメロメロであるし。

仇敵同士の敵愾心（てきがいしん）を一挙に消滅させる。

赤ちゃんの可愛さは凄（すご）いな。

「ダリエルさん……ッ!?」

現役勇者のレーディが話しかけてきた。

さすがにこの子も、旧勇者&四天王の重鎮が揃（そろ）った異常事態に我関せずとかできないか。

「凄(すさ)まじいです！　やはりアナタは特別な存在だったんですね!!」

「えー？」

「そうでしょう？　歴代最強と謳(うた)われる勇者アランツィル様の血統を受け継ぎ、歴代最強と謳われた四天王グランバーザから育てられて薫陶を受けた。これほど凄い出自と経歴を持つ御方は他にいません!!」


言われてみればそうかもしれない。

生みの親が最強勇者で、育ての親が最強四天王。

改めてフレーズにしてみたら凄さが三倍増しで伝わってきた。

誰だ!?　こんなアホみたいにぶっ飛んだ履歴を掲げるヤツは!?

俺だった。


「ダリエルさんがアホみたいに最強であるのも当然でした。私などよりずっと勇者に相応(ふさわ)しい……！　今からでも私と勇者の座を交代した方が……！」

「いやいやいやいやいや、待って待って待って」


なりませんよ勇者になんか。

以前から勇者パーティに加わることすら拒否している俺なのに、勇者本人になるわけないじゃない。

俺にとって今はラクス村が何より大事なの。

この村の平和を守るために、魔王討伐になんか行ってられないの。村から離れたくないの。

「愛する妻と息子の下から離れたくない」

「その通りだ」

なんか先代勇者のアランツィルさんから賛同された。

「家族こそが何より大事だ……！　私だって妻と息子が無事だったら家族を守ることにすべてを懸けて勇者など辞めていた……！　……ダリエルよ」

「はい？」

何故呼び捨て？

「家族を何より大事にするのだ。それ以上に大事なことはない。少なくとも勇者の責務より家族の方が重い。私は失って初めて気づいたが、お前は失ってはならない……！　本当に……！」

「はあ……！」

アランツィルさんは、息子との再会を果たして感無量な様子だが、俺は困った。

実感がまったく伴わないいんですけど。

何しろ俺的には物心ついた時から孤児で、親がいないのが通常形態だったし。

幼少からグランバーザ様という最高の親代わりがいてくださったので寂しかったという思い出もない。

こっちももういい大人だし、今さら実の親が出てきたところで感動するほどの衝撃もないんだが。

……でもそれ、アランツィルさんの前で公言するのは残酷過ぎるよなあ。

ここは話を合わせてあげるのが優しさ。

「……俺も嬉しいです。はい。ええ……」

「いいんだ、お前が生きていてくれていただけでも。父は嬉しい。本当に嬉しい……ッ‼」

「どうも……」

こうして上手いこと各自の感情をコントロールして。

ラクス村は今日も平和です。

そんなこんなで我がラクス村には、前時代を彩った主演というべき二人が住みついてしまった。

グランバーザ様とアランツィルさん。

今は我が家で宴（うたげ）に興じている。

「かんぱーい」

「乾杯！」

「か、かんぱい……!?」

宿敵二人が酒を酌み交わしているなんて、当時の関係者が見たら自分の目がおかしくなったと思って抉（えぐ）り出（だ）して交換しようとするだろうな。

しかし目の前の光景は事実。

ちなみに、この伝説的両者に挟まれる形で『か、かんぱい……!?』とか細い声で言っている三人目が、マリーカの父。

今はギルドマスターを専任している先代村長さんだ。

つまり我が義理の父。

「何でワシここにいるの……!?　めっちゃ場違いじゃないの……!?」

震える声で仰（おっしゃ）っていなさるが、まこと申し訳ない。

あの二人だけでサシ飲みさせるのは不安が大き過ぎるんで！

「何を仰る！　アナタとてダリエルの父親ではありませんか！」

「皆ダリエルの父親同士、酒を酌み交わして絆を深めようではありませんか！」

言われてみたらそうである。

アランツィルさん（実父）、マリーカの父（義父）、グランバーザ様（養父）。

俺の父親が三人も結集している？

孤児だった俺としては異様な光景なんだが、異様過ぎて現村長の仕事も手つかずで目が離せない。

「……そう、あれはダリエルが六歳ぐらいだったかなあ？　魔法の修行が上手くいかずに泣いてもまだ頑張ろうとして……。『もういいんだよ』と何度声を掛けそうになったか……！」

「いい！　そういう息子との思い出を私も持ちたかったんだよ!!　なのにすべてを奪い去っていきやがって魔族のコンチクショー!!」

年配さんたちが俺の思い出話を肴に飲んでるの、凄く辛いんですけど？

面映ゆい。

何の罰ゲームですか、コレ？

「……私は元々、ダリエルに詫びたくてここまで来た」

なんかグランバーザ様が酔いに任せた独白が始まった!?

「ダリエルは本当に有能な男に育ったが、逆に我が実子がとんでもないボンクラでな……。そのバカ息子がダリエルに迷惑を掛けた。代わってダリエルに謝罪し、できることなら魔王軍に戻ってもらいたいと考えていた……」

が。

「やはり甘い見通しだったようだな。ダリエルは、ここで新しい生活を営んでいる。本来の人間族としての生をやっと切り拓いたのに、今さら魔王軍に戻る謂れなどあろうか？　ダリエルはここでこそ幸せになれるのだ……!!」

「グランバーザよ」

「アランツィル……」

「お前とは何度となく戦ったが。ダリエルをここまで立派な男に育てたのはお前ではないか。その功績は誰も否定できない」

長年の宿敵同士が、俺を起点にして和解した……！

「……マリーカ」

「どうしましたアナタ？」

「もう耐えきれない！」

と言って俺は妻の胸に埋もれた。

この理解不能な状況を、俺は奥さんに甘えることによって耐え凌いだ。

「私はこのまま魔族領に戻ることにしよう。ダリエルが生きて、充実した生活を送ってくれるだけで充分だ……！」

「私も……、三十年ぶりに会った息子と、どんな関係を築いていけばいいかまったくわからぬが……、それでも何もない余生よりはマシだ。私はやっと憎しみだけで満たされる人生から解放されたのだ……！」

「これからは敵としてでなく……！」

「同じダリエルの父親として……！」

「『ちょくちょく遊びに来よう』」

なんか意気投合した。

これでもこの二人互いを死ぬ寸前まで追い込んだ敵同士だというのに。

こんな簡単でいいのか？

「あの……、ワシそろそろお暇（いとま）させてもらってもいいかな？」

すみませんお義父（とう）さん！

こんな大物同士の間に挟ませてしまってすみません!!

「……というわけでダリエル。私はそろそろ失礼させてもらうよ。お前の元気な顔が見れて本当によかった」

「えッ⁉　もう帰っちゃうんですか⁉」

色々混乱はしたけどグランバーザ様と再会できたのは純粋に嬉（うれ）しかったんですが。

もう少し残って積もる話でもしていきませんか⁉

「ゆっくりしたいのは山々なのだが、帰ってやるべきことが多くてな」

「そんな。グランバーザ様は既に引退して時間はたくさんおありでしょうに？」

「私もそうだとばかり思ってたんだがな。……あのバカ息子が、私の時間を毟（むし）り取（と）っていきおる」

「………ッ!?」

現役四天王のバシュバーザ様。

俺を解雇した張本人でもあるが、そんなにやらかしまくっておられるのか？

「これから急ぎ魔王城へ戻り、魔王様へ上奏してバシュバーザを解任していただくつもりだ。四天王は、無能が居座り続けていい席ではない」

バシュバーザ様の体制はそんなに行き詰まっているのか。

俺も魔王軍を解雇されてから、向こうの事情はほとんど窺（うかが）い知（し）れない。

断片的に伝わってくることもあったが、大体はバシュバーザ様のしでかした失策や、それに対する関係各所からの不満ばかりだった。

しかし、四天王の座を追われるほど立場が悪くなっていたとは……。

「グランバーザ様、心中お察しいたします」

「いや、すべては実の息子を正しく育てられなかった私の不始末だ。お前が立派に育ってくれたのは私の育て方がよかったのではなく、やはり血統によるものだということだろうな」

「そんな……!?」

グランバーザ様は少なくとも、俺の他にも多くの新兵を教練して屈強な精鋭に育て上げたではないですか。

バシュバーザ様が飛びぬけて見込みがなかっただけですよ。

……って言っても実子だから角が立つなあ。

複雑な関係だけにコメントしづらい!!

「魔王軍の方にも、厄介な事情があるようだな」

アランツィルさんが自然に話に入ってくる。

「私との決戦を機に魔王軍側も四天王の顔触れを一新。世代交代を実現させていたと聞いていたが、まさかそんな混乱をきたしているとは。……しかし、一言いいだろうか?」

「何です?」

「それを我々の前で言うのはどうかと思うのだが?」

仰る通りですね。

この場には先代勇者のアランツィルさんどころか現役のレーディまでいて、今の会話もバッチリ耳に入っている。

自軍の醜聞をわざわざ敵の聞こえる場所で話すというのは、たしかに迂闊(うかつ)の誹(そし)りも免れないが……。

「かまわんさ」

グランバーザ様は意に介さなかった。

小さなことに拘(こだわ)らないのが大物の振る舞いだと言わんばかり。

「どうせ程なく愚息は四天王を解任され、新任が抜擢(ばってき)される。さすがに魔王軍のトップが交代すれば人間領まで伝わるほどの大ニュースとなるだろうし隠しても詮無い」

伝わるのが遅いか早いかだけの問題だ、と。

「しかし、どんな形でも指揮官の交代は混乱と空白を生む。その隙をムザムザ敵に教えるのは迂闊ではないか？」

「そのために四天王は四人いるのだ。我が愚息が空回りしている間も、地の四天王ドロイエがラスパーダ要塞を堅守してくれている。彼女が健在な限り魔族領の守りは安泰だ」

「ほう、あのラスパーダ要塞を……!!」

「我々にとっても思い出の場所だな。勇者の魔族領侵攻には不可欠の拠点ゆえ、あそこを奪い合って我らも何度戦ったことか……」

「懐かしいなあ……」

怖い思い出話が盛り上がっている。

現役四天王はたしかに不安な人材ばかりだが、その中で唯一『沃地(よくち)』のドロイエ様だけは信頼できる方だ。

俺がまだ魔王軍に在籍していた頃に進言したアドバイスを覚えてくださったのか、ひたすらラスパーダ要塞を守り抜く姿勢は、単調ではあるものの必要最低限の的確さを感じられる。

現役勇者であるレーディがここで修行なんかしている今この時も、ラスパーダ要塞に鎮座して動かないのだろうなあ。

「とりあえずドロイエさえいれば当代の四天王は安心できる。しかし彼女にばかり負担を掛けるわけにはいかん。だからこそ四天王の称号に相応(ふさわ)しくない者は早急に除き、ドロイエの援(たす)けとなれる者を選び直さねばならんのだ」

グランバーザ様からドロイエ様への評価高い。

まあわかるけど。

俺も四天王補佐やってた短い期間、あの方の『他の三人に比べたらマシっぷり』が痛いほど伝わって来たから。

「わかります……！」

さらに話に乗っていたのは意外にも現役勇者のレーディだった。

レーディ言う。

「私も、ドロイエには散々苦しめられてきましたんで」

ああそうか。

考えてみたら現役勇者の彼女こそドロイエ様の力を実感しているはずだよな。

何しろ直接戦っているだろうから。

「一番手の水……、二番手の風の四天王と戦った私たちですが、先二人には順調に勝利したのに三番手のドロイエにはどうやっても勝てません。いえ、負けることもないのですが。彼女は徹底して守りに徹するので……」

「戦況をよく見抜いている」

グランバーザ様は冷徹に言った。

「魔王軍にとってはラスパーダ要塞を明け渡さぬことこそが勝利条件。それを熟知し、のるかそるかの勝負を徹底して避けている。あの若さなら血気に逸り(はや)たいだろうに。それを抑え、守りに徹する堅実さは並大抵のものではないな」

敵味方からのドロイエ様の評価が絶賛過ぎる。

こんなに褒めちぎられているなんて、当の本人は夢にも思ってないだろうよ。

こうしている今も、ラスパーダ要塞で『勇者いつ来るものぞ』と警戒してるんだろうなあ。

「私も勇者の称号を賜ったからには、必ずドロイエを倒しラスパーダ要塞を突破するつもりでいます」

「そうだろう、それが勇者の務めであることは魔族も承知している」

「その覚悟を固めるためにも、先人であるお二方に聞いておきたいのです」

レーディがグランバーザ様だけでなく、自身の前任者であるアランツィルさんまでも見回し言った。

「教えてください。勇者は何故(なぜ)、魔王を倒さなければならないのですか?」

魔王、凄いヤツだった

「勇者が何故……？」

「魔王を倒そうとするのか……？」

若い勇者からの問いかけに、アランツィルさんとグランバーザ様は同時に眉を上げた。

あまりにも根本的な質問をされたので虚を衝かれた感じだった。

「以前聞かれたのです。何故勇者は魔王を倒すのか？　と」

それ聞いたの俺です。

いや、だって気になるじゃないですか。

数百年に亘る勇者パーティと魔王軍四天王との激突も、その原因は魔王様が主軸となっている。

勇者は魔王様を倒そうとする。

魔王軍は魔王様を守ろうとする。

目的が完全に衝突する二つの勢力は、そのためにずっと争い続けてきた。

それがバカらしいことだと感じる者はきっと一人や二人ではあるまい。

勇者も四天王も、長い歴史の中で何回も代替わりしてきたが、きっとその中でかなりの割合が戦いに疑問を持ったはずだ。

この俺とてそうだが、俺の出身は魔王軍。

敵陣営である勇者サイドの事情は窺い知れない。

なので過去、いい機会であると勇者であるレーディに問いただしてみたが、彼女は答えることができなかった。

「私は……、当たり前だと思っていたんです。勇者が魔王を倒すのは、そうするように決まっているのだから当たり前だと。でも実際そんなはずがない。勇者が魔王を倒さんとする真の理由を知ることなく真の勇者であると自負できません」

そこで、今偶然にも集った先代勇者と先代四天王に聞いてみようと……。

まあ年長者は物知りであるのが当たり前だし、加えてお二人は前時代を代表する超重鎮。

尋ねてみたくなる気持ちもわかるが……。

「すまんが、私にはわからんな」

まずグランバーザ様が答えて言う。

「キミたちが魔王様を狙うのは、あくまでキミらの事情。むしろ私が知りたいぐらいだ。何故そうまでして魔王様を目の敵にするのか……」

グランバーザ様の視線がアランツィルさんを向いた。

たしかにこうなったら正解を期待できるのはこの人しかいない。

人間族側の伝説的人物のこの人しか……。

「……魔王とは邪悪の頂点であり、世界のすべての災いは魔王を根源としている」

アランツィルさんがゆっくり言った。

「ゆえにこそ魔王を倒せば災い皆等しく消滅し、平和で豊かな時代が訪れる。歴代の勇者たちは、そう信じて戦ってきた。魔王を殺すことが正義だと……」

「それは……！」

思わず反論しようとした俺を、アランツィルさんの手が制した。

「無論それは建前だ。勇者としての年季が長くなるほど、虚飾に気づき始める。その虚しさに耐えきれず勇者を辞める者もいるほどだ」

そんな中アランツィルさんが重傷を負って引退するまで勇者を続けたのは、建前に代わる動機が彼自身にあったから。

家族を奪った魔族への憎しみが、建前虚飾に関係なく彼を魔族との戦いに駆り立てた。

「ではアランツィル様。勇者が魔王を倒さんとする、その理由は……？」

若い勇者からの問いかけに、老いた勇者は答えた。

「力だ」

と。

「魔王はこの世界でもっとも特別な存在。最高の叡智、最強の力を備えている。もし魔王を倒し、その力その知恵を奪い取ることができれば人間族はより発展することができる」

「そんな理由で……！　勇者は魔族と争っているのですか……⁉」

「幻滅したか？」

若く理想に溢れるレーディにとって、そんな利己的な動機は受け入れ難かろう。

「たしかに明け透け過ぎるので、勇者を派遣するセンターギルドはもっともらしい理由を前面に出すがね。それが『魔王は邪悪だ』という主張だ」

邪悪を討伐する正義の徒として勇者は進軍する。

その裏にある卑俗な真意はひた隠しにしたまま。

「私にとってはどうでもいいことだ。私はただ魔族どもに、家族を失った悲しみをぶつけられればそれでよかった。建前も本音も関係なかった」

「だからこそ受けて立つこちらも恐ろしかったよ。自分の意思で戦いを望むアランツィルこそ最強最悪の勇者といえただろう」

その恐ろしさは、実際戦場に立った俺も実感した。

アランツィルさんが鬼神のごとく戦う理由に自分が関わっていたと今知るほどに、何だか奇妙な気分だが。

「ダリエルの生存を知り、復讐心（ふくしゅうしん）が鎮火した今だからこそ聞けることだが。……実際のところどうなのだ？」

アランツィルさんがグランバーザ様に聞く。

「魔王は、センターギルドが期待をかけているほど万能な存在なのだろうか？」

つまり倒して叡智や力を奪い取れば、人間族がより豊かになれるという事実はありえるのか。

人間族にとっても敵側にいる魔王は、未知の存在。

期待が勝手に独り歩きしていることだってありえる。

「たとえば魔法は、魔王が魔族に与えたものだという。魔王を倒せば魔法も人間族のものになるのだとセンターギルドの連中は考えているらしい」

「勝手な妄想だな」

「かもしれぬ。しかし欲に囚われた者にとって妄想が現実を凌駕することもありえる」

グランバーザ様とアランツィルさんとの間でバチッと火花が散った。

さすが往年のライバル同士、やはり発する気の鋭さが違う。

グランバーザ様が深い溜め息と共に言った。

「……正直なところわからぬ」

と。

「魔法は今や、魔族たちにとってあまりにも自然なシロモノなのだ。生まれた時から共にあり、使いこなすのが当たり前というほどに」

グランバーザ様の言うことに、少なくとも俺は納得できた。

だからこそ魔族社会の中で魔法を使えなかった俺は異端視されバカにされてきたのだから。

「遥か昔、魔王様が魔族に魔法を与えたという伝説は、たしかにある。しかしその伝説的事実があったのは私が生まれる遥か以前のことで、真実かどうか確かめようもないのだよ」

「まさか御本人に『あれってマジですか？』なんて聞くわけにもいきませんしね……!!」

俺もまた魔王軍出身者としてグランバーザ様の説明に頷いた。

「あの……、ちょっといいですか？」

そこへレーディがおずおず問う。

「さっきから何か……、言い方が奇妙な感じがするんですけど……？」

「何が？」

「魔王です。お二人の口振りでは、伝説で魔法を与えた魔王と、今の魔王が同一人物のように聞こえるんですけど……？」

「そうだけど？」

「えッ⁉」

……ん？

ああ。

そうか、人間族にはそこから認識の違いがあるのか。

伝説における魔王様は、魔族に魔法を与えた。

それは伝説というからには何百年も前のこと。当然そんな昔の人が、今も生きているはずがない。

だから伝説の魔王様と、今の魔王様は別人なんだろう。

四天王や勇者と同じように時を経て代替わりしているのだろうと。

それが違うんだ。

「レーディ、魔王様はね、不老不死なんだよ」

「は⁉」

「だから何百年……、ヘタしたら何千年も前からずっと生き続けているんだ。だから伝説に登場してても何ら不思議じゃないんだよ」

そう告げた時のレーディの表情。

『人の目蓋ってあんなに大きく見開くものなんだ⁉』って感じだったな。

隣で聞くアランツィルさんもさすがに驚愕の表情だった。

「ウソのようだが真実なのだ。魔王軍が設立されてより数百年。その間それこそ何百人という手練が四天王の座に就き、代替わりしてきたが、その間魔王の座に君臨してきた方は常に一人だった」

「そんな……、ウソでしょう？」

「信じられぬ気持ちもわかるがな。だが少なくとも私が四天王に新任した三十年以上前から、魔王様は今と変わらず魔王様だった。ちなみに私と交代で引退した前任四天王も、彼が就任した時から魔王様は変わらず魔王様だと言っていた」

恐らくその前任も、その前任もそのまた前任も……。

就任してから引退するまでの間すべて同じ魔王様に平伏してきたんだろう。

変わらず同じ一人の魔王様に。

「それほど常軌を逸した御方だ。我らの知らない遥か昔にどんな偉業を成し遂げていたとしても『あの方ならありえる』と思えてしまうのだよ」

「レーディ」

代わって俺がレーディに質問する。

魔王様の非常識ぶりをより深く認識してもらうために。

「勇者と魔王軍は、何百年にも亘って戦い続けている。それは知っているよね？」

「もちろんです！　私がその戦いに終止符を打つと誓っているぐらいです！」

立派なことだ。

それは置いておいて話を先に進めよう。

「勇者も四天王も何百回と代替わりして戦い続けてきた。世代によって有能な勇者もいたし、無能な勇者もいただろう。四天王の方もね」

そんな数百代に亘る勝負の連続、勝敗は常に揺れただろう。

勇者が勝利することもあれば、四天王が勝利することもあった。

「そんなに勝負が繰り返されていたのに、何故今でもまだ続いているんだと思う？」

「え？」

「だってそうだろう？　この戦いは、魔王様を狙い守ることとの攻防だ。勇者が四天王を突破し、魔王様へとたどり着いたら、そこで決着になる勝負じゃないかな？」

それでも勇者と四天王の勝負は今なお続いている。

勇者が何度勝利しようと。

それは何故か。

「魔王様が勝つからだよ」

「えッ？」

「四天王を突破して魔王様の下にたどり着いた勇者は、例外なく魔王様に叩き潰されるからだ。だから勝負は永遠につかない」

勇者と四天王の勝負に四天王が勝てば、センターギルドは新しい勇者を用意して送り込むだけ。

勇者と四天王の勝負に勇者が勝てば、魔王の下までたどり着いた勇者が魔王の手によって叩き潰され、またセンターギルドが新しい勇者を用意して派遣するだけ。

「ここ数百年の魔族と人間族の小競り合いは、ずっとそんな感じなんだ」

最強クラスの魔法使いと冒険者の激闘も、あの方にとっては永遠の退屈を紛らわせる余興に過ぎないのかもしれない。

それが、魔王様という存在。

グランバーザ、納得する

「魔王が……、そこまで超越的な存在だなんて……!?」

まあ俄(にわ)かに信じがたいよね。

不死身と無敵を兼ね備えたような存在こそ魔王様だもの。普段ふざけまくった態度からは想像もできないけれど本当に凄(すご)いんですよ、あの御方。

「……だ、ダリエルさんは魔王を見たことがあるんですか?」

「あるよ」

そりゃ元魔王軍所属の暗黒兵士で、最下級とはいえ四天王補佐という特別な役職に就いていた俺だもの。

グランバーザ様などが魔王様への謁見に上がる時、俺もおまけで同行したこともある。

その時に魔王様を直見(じかみ)したけど。

「……まるで勝てる気がしないね」

人間族としての力に目覚めた今でも、そう思う。

「ダリエルさんほど無敵の人から見てもそうなのですか!?」

「世の中上には上がいるってことだよ。あの御方、普段は『ぼくちん』とか言ってアホぶってるけどさ……」

「『ぼくちん』ッ!?」

「でもその奥から漂ってくるんだよ。強者の絶対的な自信というか」

何が起きても自分には対処できる力がある、とわかっているから余裕なんだろうね。

「……魔王軍には、新任者が有能であるか無能であるかを見分けるごく簡単な試験法がある」

グランバーザ様が言った。

「魔王様に初謁見し、ちゃんと魔王様の奥底を見抜いて恐れれば有能。外面に騙(だま)されて侮れば無能。少なくとも私の在任中、魔王様を侮ってきっちり実績を残せた者はいなかった」

「………………」

黙っておこう。

御子息のバシュバーザ様が、魔王様への初謁見のあと私室に戻って声高に『あれが魔王？　ただの喋(しゃべ)り方が気持ち悪いオッサンじゃないか！』と言い散らしていたことは。

当時四天王補佐として同行した俺だけの胸に仕舞っておく。

「人間族のキミらにはいまいち伝わりづらいだろうが、魔王様はそれぐらい超越した存在だということだ。世界のすべてを敵に回してもあの方なら余裕で勝利するだろう」

「納得できません……！　もし本当に魔王がそこまで強いのだとしたら、何故(なぜ)魔族は魔王軍を組織してまで必死に守るのです⁉　勇者が挑んできても勝手に潰されるのなら放っておけばいいではないですか⁉」

「それは、魔族の意地だな……！」

考えてもみてほしい。

魔王様は魔族にとって絶対的な支配者、神にも等しい存在だ。

それを害しに来る他種族の凶賊を、そのまま神の前に素通りさせては忠誠が疑われる。

たとえ魔王様御本人に、勇者など一捻り(ひとひね)りにできる全能性があっても……。

「魔王様みずからのお手を煩わせては、魔族の存在自体に疑念が生じるのだ。だから我ら魔王軍は、全力を挙げて勇者の進軍を阻んできた」

時には敗北し、勇者を魔王様の御前までたどり着かせてしまうこともある。

そんな失態を犯した四天王は即座に解任され『魔族を貶(おとし)めた罪人』として永遠に汚名を刻まれるのだ。

死したのちも歴史に残り、無能者の中傷を受け続ける。

「それは誇り高い魔族にとって耐えがたい屈辱だ。だからこそ歴代の四天王は全力で勇者を阻んできた。時には命をなげうって……！」

「くだらん戦いの動機だ……」

「お互いにな……」

その激戦を既に果たし終えた猛者同士が、鋭い視線を交わし合った。

人間族は、くだらぬ欲のために。

魔族は、くだらぬ意地のために。

勇者と魔王軍の戦いを何百年と継続してきたわけだ。

「思えば、魔族と人間族との争いって、そこだけなんですよね」

「たしかにな。魔王軍とギルドが大っぴらに対立しているだけで、種族自体で争い合っているということはない」

さすがに友だち付き合いはしないが、ギルドや魔王軍との関係が薄い小村などでは、互いの縄張りを守って争わないということが多い。

「だから今、勇者が魔王へ挑むことをやめたとしても激変はないだろう。キミが勇者を降りたとしても、誰もそれを責めはしない」

グランバーザ様が、レーディに語りかける。

語っているのが歴代最強と謳(うた)われた重鎮だけに、言葉にも重みがあった。

「辞めるのも自由ということだ。実際こんな話を聞いたあとではバカらしくてやってられぬだろう」

アランツィルさんも言う。

勇者の戦いに何の意味もない。負ければ何も変わらないのは無論、勝っても何も変わらない。

「仮に私が辞めても……」

レーディが問う。

「戦いは終わらないでしょう?」

「それはな。欲深いセンターギルドが諦めない限り、何度でも新しい勇者を選抜して送り出すだろう。既に勇者が魔王軍と戦うことで儲(もう)けを生み出すシステムも作られているからやめられんだろうな」

え？　もしや利権発生してます？

そしたらなおさらやめられんなあ。

「ならば私は、世界をよりよくするためにも戦いを続けます」

レーディは言った。

「四天王を退け、魔王の下まで到達し、挑戦者の立場から改めて魔王に問いたいと思います。魔王とは何者なのか、何のために存在しているのか、この戦いを終わらせる意思があるか、と」

「そんなことを尋ねる勇者は過去にいなかっただろうな……」

アランツィルさんが苦笑した。

「よかろう、お前の意思で進んでみるがいい。誰の思惑が絡もうと、お前の戦いはお前自身のものだから」

「痛み入ります」

レーディは深く頭を下げた。

「これはうかうかしていると、当代の四天王は突破されるかもわからんな」

グランバーザ様も笑った。

「再編成を急ぎ、ドロイエの援(たす)けになる新メンバーを選抜せねば。……なあダリエル」

「俺はもう部外者なので……」

と言うとグランバーザ様はハッとし、そしてバツの悪い表情を浮かべた。

「……やはり、魔王軍に戻るつもりはないのだな」

本来何より優先にすべき四天王の再編成作業を置いて、グランバーザ様がまずここに来たのは……。

俺を、魔王軍に復帰させる望みを捨てきれなかったからだろう。

俺を四天王補佐の座に戻し、その采配を徹底させれば、崖っぷちに追い詰められたバシュバーザ様も何とか持ち直せるかもしれない。

「御子息のお力になれないのは申し訳ないですが……」

「いや、誤解するな。バシュバーザを救いたいなどとは露も思っていない」

グランバーザ様は決然と言った。

「アイツはお前に見捨てられて当然なのだ。あれが追い詰められたのは、あれ自身の愚かさゆえなのだから自業自得だ。自分のしでかしたことへの責任を取るべきだ」

「グランバーザ様……」

「私は、お前の汚された名誉を回復させたかった。しかし、この村がお前にとって魔王軍よりも安住の地だというならば、無理に呼び戻すのはお前のためにならぬ」

そう言って寂しそうに笑った。

「……グランバーザ様さえよければいつでも遊びに来てください」

「そうさせてもらおう」

魔王軍から去ってずっと心残りだったグランバーザ様との再会も果たせた。

足りないものが継ぎ足される感覚があった。

ラクス村での生活はとても満ち足りていて、これ以上を望むのは贅沢(ぜいたく)過ぎるのではないかと思うほどだが、それでもやっぱり嬉しいものは嬉しい。

勇者レーディ、四天王を擁護する

こうしてウチでの用事を済ませたグランバーザ様。

取り急ぎ魔族領へと帰られるのかと思いきや……。

まだウチにいた。

何故（なぜ）滞在しているのかというと……。

「当代四天王の一人、『華風（かふう）』ゼビアンテスよ……」

「はい……ッ⁉」

ウチの村で遊（あそ）び呆（ほう）けている現役四天王の一人を発見したのだから。

ゼビアンテスは四天王で風属性を担当する。

そして風魔法は隠形（おんぎょう）にもっとも適した魔法形態。空気の振動を操作して物音を消したり、光の屈折率を変えて身を隠したりなどゼビアンテスほどの上級魔導師なら造作もない。

それらを駆使しグランバーザ様登場の途端に隠れていたようなのだが、何しろ相手は歴代最強。

そうそう隠し通せるわけもない。

「お前は、現役の四天王を務めながら、こんなところで何をしている……？」

「ぐ、グランバーザ様だって、ここに遊びに来ているのだわ……！」

「私は既に四天王を引退した。今は無役の楽隠居だ。対してお前は現役として山のように仕事があるのではないか？」

「それは……!?」

「それらをすべてドロイエ一人に押し付けて、他は何の役にも立っていない。それが当代四天王の現状だ。それではいかんと言うので私は抜本的な四天王の入れ替えを魔王様に進言しようとしている」

「ら、楽隠居なら御政道に口出しすべきでないと思うのだわ……!?」

「過去の遺物となった私を働かせること自体、お前たちの落ち度だろう。その落ち度の報いを受けるのだ」

「うッ……!?」

「大体お前は、四天王の重みをしっかり感じ取っているのか？　四天王はな、魔王様をお守りする盾。その最強にして最後でなくてはならんのだ。それなのにお前たち若者は最高位の意味も弁えず好き放題遊び放題……！　帰ったら魔王様に進言してウチの息子を罷免してもらうつもりだがゼビアンテスよ、当然お前も罷免リストに入っているぞ。正直今の四天王はドロイエ以外全員交代させるべきだと考えている。そうなったのもお前自身の身から出た錆と考えなさい。そもそもなんだ？　この村で何をしている？　本来四天王はラスパーダ要塞に籠って勇者の襲来に備えるべきだろうドロイエのように。何故お前は遊ぶことしか考えんのだ？　お前の先代——、我が同僚としてかつて四天王の地位にあった『暴風』トルネーラが聞けばなんと落胆するか。知ってるだろうトルネーラ？　あやつはお前を信頼して四天王の座から退いたのだ。聞いたぞ、お前はあやつの姪に当たるのだろう？　お前は四天王の座だけでなく一族の名誉も汚しているのがわからんのか？　四天王に就任するということは遊びではないのだ。自分自身と一族の誇りを背負っているということを自覚しなければならぬというのに、それができていないのか？　……そうだったな、たしかお前は卓越した颫魔法の強力さで四天王に抜擢されたと聞いた。いわば飛び級エリートだ。それがいけなかった。やはり責任ある立場を任せるには才能よりも実績経験を重視しなければならんということか。ウチのダリエルのように下積みの苦労を積んで、自分の置かれた立場と使命をしっかり把握することの方が就任の条件として相応しい。……わかっているのか⁉　お前に足りないのは、まさにそれなのだ。自覚と決意だ。ダリエルが副官として、それらを若者たちにしっかり教えてくれる。そう思ったから周囲の不安を抑えて若いお前たちに座を明け渡したというのに……！　そのダリエルを即刻クビにするとは……！　少しは自分たちの愚かさを自覚できんのか⁉　何故お前たちは揃いも揃って殊勝な考えができぬ⁉　地位ある者はな、威張り散らすだけで務まるものではないのだ！　何よりも謙虚さと思慮深さを…………‼」

説教長い。

グランバーザ様の不満が、こんなところで爆発していた。

ゼビアンテスは、リゼートを尾行してラクス村を発見して以来、ずっとここで遊び呆けているので説教を食らうに値するが。

……もう完全に涙目になっている。

「……にゃーッ‼　レーディちゃん‼」

そしてついに耐えきれなくなった。

「助けてなのだわ！　この説教オヤジがネチネチっこいのだわ‼」

「はいはい」

そしてよりにもよって勇者のレーディに助けを求めるな。

「グランバーザ様、敵の私が口出しすべきでないと思いますが……」

まったくその通りだよ。

「しかし考えてみてください！　この村の特殊性を！　ここには他にない特別なものがあります！」

「特別なもの……⁉」

「ダリエルさんの存在です‼」

俺かよ。

「ダリエルさんの近くにいるだけで私たち若者は多くのことを学べます。グランバーザ様も先ほどのお説教で、新しい四天王がダリエルさんから多くを学ぶことを期待していたと仰っていたではありませんか？」

「よ、よく聞いていたな……⁉」

本当だよ。

「ゼビアンテスも、今さらながらダリエルさんに学ぶため、この村に滞在していると考えられませんか？」

そんな事実は一切ないですが。

「なるほど……、ゼビアンテスよ。お前は自分の至らなさを痛感し、ダリエルから学び直そうとこの村にいるというわけだな？」

「いえ、そんなことはないのだわ」

せっかくのフォローを台無しにするゼビアンテスの後頭部をスパーンとはたく。

「はい！　その通りです！」

レーディが。

何であの子、そんなにフォローに一生懸命なの？

「そうか……、私は何やかやと言って、新世代たちを見縊っていたようだな……!?」

「そうですよ！　……あ、もう一つ敵の立場から言わせてもらえば、水の四天王だってなかなか手強いですよ」

敵の立場で言うことじゃない。

「水の四天王……、『濁水』のベゼリアだったな？　ヤツが一体……!?」

「ラスパーダ要塞攻略戦にいつの間にか参戦してきて滅茶苦茶厄介ですよ!?　メインであるドロイエの弱点をカバーするように戦いますから、私たちが一年掛けても要塞を落とせなかったのは、ドロイエに加えてベゼリアの活躍もあってこそ!!」

「そうか……、私の知らないところで頑張っている者もいるというのだな」

ベゼリア様……。

御自身の知らないところで御自身の評価が上がりましたよ。

しかも本来、倒すべき敵の擁護によって。

どう受けたらいいんだろう、この事実を……。

「そうか……、失敗だと思っていた新四天王の選抜だが、皆それぞれ自分なりに頑張っているのだな。ダメなヤツなどやはりいないということなんだな……!?」

「そうですよ！　どう扱ってもダメな子なんていませんって!!」

「我が実の息子以外は……!!」

そう言ってグランバーザ様はみずからの顔を覆った。

ドロイエ様は最初から問題なく、ゼビアンテスもベゼリア様もまだ見込みがあるとなったら。

バシュバーザ様だけが、どうしようもないということに……!!

「ぎゃーッ!?　グランバーザ様元気出して!?」

「そうなのだわ！　バシュバーザのアホだって探せばいいところの一つぐらいきっとあるのだわ！

たとえば……!!　……。……ないのだわ!!」

「ゼビアンテス！　もっと真剣に探して!!　思い出して！」

「わかったのだわ！　全力で真剣に思い出すのだわ！　えーっと……!?」

「…………ッ!?」

「……やっぱりないのだわ!!」

「本当に!?　そんなにダメなヤツなの!?」

「ダメなヤツなのだわ!!」

ボロクソに言われておりますよ。

ところでそれをグランバーザ様の面前で言い合うのやめてくれませんかね？

さすがのグランバーザ様でも泣きそうになっている。

「……見れば見るほど珍妙極まる光景だな」

先代勇者のアランツィルさんは言った。

俺と同じように一歩引いたところから傍観している。

この人もなかなか帰ろうとしないんだよなあ。

何故？

「勇者と四天王が協力して先代四天王を慰めている。こんな光景が現実にあるなど私が現役の頃は想像もしなかった」

俺も想像できませんでしたけど。

誰も想像できないって。

「ところで……、一つお聞きしていいですか？」

「何かな？」

「何でアナタが、ウチの子を抱きかかえておるんですか？」

我が息子グランくんゼロ歳。

アランツィルさんの胸に抱かれてスヤスヤ寝息を立てている。

「可愛（かわい）い孫をみずからあやすのは当然ではないか？」

そうかもですけれども。

そう、俺とこの先代勇者との血縁関係が判明したのだが俺、まだ実感が湧かない。

「見てごらんこのグランの顔を。才能に満ち溢れているではないか？　彼は将来きっと屈強な冒険者となること間違いない」

「贔屓目から起こる錯覚です」

「私は、ここでグランを指導して一流の冒険者に育て上げようと思うのだよ！　将来勇者になってもいいな！」

「やめて!!」

アンタ勇者の職に何の意味もないって言ったじゃないですか!?

ウチの子に変な業を背負わせないで。

英雄になんてならなくてもいいの！

ウチの子は素朴に平和に、腕白でもいいから逞しく育ってほしいの!!

「まあまあ、いいじゃないの。この子がどう育つかなんて今からじゃ何もわからないんだから。夢を持たせてあげたら？」

「さすがマリーカさん！　いいことを言う!?」

「それよりもお義父様、お茶のおかわりいりませんか？」

マリーカが舅というべきアランツィルさんに取り入ろうとしている!?

早速!?

相変わらず嫁力の高いウチの嫁さんだなあ。

そんな感じで我がラクス村は珍客万来ながら概(おおむ)ね平和であった。

「村長！　村長⁉」

「ん？」

そんな俺のところへ、村の者が駆け寄ってきた。

「どうした、そんな血相変えて？」

ちなみに村長というのは俺のことだ。

今では俺がラクス村の村長なのだ。念のために追記。

「それが……、ミスリル鉱山から急報があって……⁉」

「急報？」

この報告が平和を破り。

俺がラクス村に移り住んでより最大の戦いへと突入することになる。

凶報、来たる

ミスリル鉱山からの連絡は、矢文によってもたらされたそうだ。

「それはたしかに急報だな……!?」

冒険者の中にはスティング（突）のオーラによって弓矢を強化し、より遠くの狙った場所へ矢を飛ばせる者もいる。

C級以上の手錬に限られるが、上手く風を摑めばミスリル鉱山からここまで一発で矢を飛ばすことも可能だ。

ただそれも、正確性がいまいちだったり万が一にも人に当たる危険性もあったりで、余程急いでいなければとらない連絡法だった。

つまり向こうで、そこまで急ぐべき緊急事態が起こったということだった。

「…………」

俺は、矢に結び付けてあったという紙を開き、書いてある文を読む。

「これは……ッ!?」

想像を超える大変な事態が告げられた。

「お義父さん……、もといギルドマスターを呼んでくれ！　待機している冒険者もいるだけ緊急招集!!」

俺の切羽詰まった声に、周囲の珍客たちも異常に気づく。

「ダリエル……？　一体どうしたのだ？」

「そんな切迫した声を上げて……、トラブルか？」

心配そうに寄ってくる人々。

一瞬言おうかどうか迷ったが、隠してもしょうがないので包み隠さず話すことにした。

「……ミスリル鉱山が、襲撃を受けたそうです」

「襲撃⁉」

「巨大なモンスターに」

ミスリル鉱山は、このラクス村の近くにある重要拠点。

世界一の鉱物ミスリルを産出する鉱山は、巨万の富の源泉だ。

あまりに重要なため魔族と人間族の間で何百年にも亘って奪い合いが続いているとまで言われている。

我がラクス村も、近くにミスリル鉱山があるため賑わっている面もあって……。

……とにかく重要拠点なのだ。

そこが襲撃されていると聞いて、黙って傍観しているわけにはいかない。

「ラクス村からも急ぎ救援隊を派遣します」

矢文の内容もつまるところは救援要請だったので。

「俺みずから率いていきます。なので、すみませんが失礼させていただきます」

「待ってください」

急ぎ退室しようとする俺を引き留める。

それは勇者のレーディであった。

「私も行きます。救援部隊に加えてください」

「ええ……⁉　でも……⁉」

「人間族を災いから守るのが勇者本来の務め。だからこそ目に見える範囲にある災いを見過ごすことはできません。それに今は私もラクス村のお世話になっている身です。恩返しの機会はしっかり押さえておかないと」

「…………」

俺は最初どうしようか迷ったが、レーディは勇者だけあって間違いなく頼りになる。

どの程度の災害が現地で起こっているか窺い知れない今、用意できる最大の戦力を確保しておきたい……⁉

「……わかった、お願いする」

結局は、安全の確実性をとってレーディの好意を受けることにした。

「勇者様、村の安全を守るために御協力いただき感謝いたします」

「や、やだ。そんな改まってお礼なんて言わないでくださいよ……⁉」

レーディは顔を真っ赤にして照れるが、これが村長としての責務だからな。

そして早速出撃しようとしたところ……。

「待つのだわ」

まだなんかあるんかい？

「わたくしも行くのだわ」

そう言い出したのはゼビアンテスだった。

「何でお前まで⁉　お前はさすがに関係ないでしょう⁉　人間族のトラブルなんだから⁉」

どう考えても魔族側の四天王が出張る案件ではない。

「そうもいかないのだわ。襲われているのはミスリル鉱山なのでしょう？　もしトラブルでミスリル採掘量が落ちたら困るのだわ」

「そっかー」

コイツがラクス村に入り浸るようになったきっかけは、それだったもんな。

「わたくしの身を飾るために、これからもたくさんのミスリルが必要なのだわ！　だからミスリル採掘作業を邪魔する者にはお仕置きが必要なのだわ！」

いやでも……⁉

さすがに魔族の、それも最高位の四天王の力を借りたら後々面倒くさいことになりそうな……⁉

なるよね。きっと必ず。

「わたくしに任せれば、救援隊を風に乗せて送ってやるのだわ」

「ぬぐッ⁉　それは……⁉」

「風魔法は、ただ身を隠すだけが得意の魔法ではないのだわ。全属性中最速が風魔法なのだわ。わたくしの風で送ってあげれば、走っていくより何倍も早く着くのだわ」

その提案は……、正直有り難い。

報せが届いたこの瞬間にも、現地ミスリル鉱山は襲撃の真っただ中にあるはず。

一秒でも早い救援が必要なのだ！

「……わかりました、お願いします」

「任せるのだわーッ‼」

この時既に俺の脳内にはセンターギルドへ向けた言い訳＆誤魔化しの文言が十ほど浮かんでいたが、それでも不安と面倒くささを拭い去ることはできなかった。

「そういうことなら……」

「……私たちも動かぬわけにはいかんな」

グランバーザ様とアランツィルさんまで⁉

ちょっと待ってください！　どこのオールスターチームですか⁉

一国にケンカ売りに行ける戦力になるじゃないですか⁉

「見縊るな。引退したとはいえ、まだまだ動けるぞ。そんじょそこらのモンスターなど一掃してくれるわ」

「戦場に、この老いぼれの知恵が役立つこともあろう。引退しても勇者の責務は消えぬ。役立たせてほしい」

そうは言いますが……！

ああもう！　説得している時間も惜しい！

とにかくみんなまとめて出発だ‼

「ここにいる人員で先発隊を組織し急行する‼」

ヤケ気味に、報告で来た村人に指示を告げる。

「ガシタに後続隊を編成し、率いてくるように伝えてくれ！　急ぎつつ、準備をしっかりとな‼」

「は、はい……！」

こうしてグランを抱えたマリーカに見送られて俺たちは出発した。

ミスリル鉱山へ一直線に。

ゼビアンテスの起こす風に乗って。

◆

途中、勇者パーティであるサトメとセッシャさんも加わり、先発隊の陣容は益々強力に。

「うおおおおおおッ⁉」

「飛んでるッ⁉　空飛んでるッ⁉　しかも凄く速いッ⁉」

風魔法使いの起こす飛翔風。

それに乗るのが初めての人間チーム、驚き戸惑うのも無理がなかろう。

「にゃははははは！　驚くがいいのだわ！　これで目的地へひとっ飛びなのだわーッ⁉」

そしてここぞとばかりに得意満面のゼビアンテス。

浮かれるのはいいから前見て飛んでほしい。

「……魔族の使う魔法は、戦闘以外にも広く応用が可能。それが人間族のオーラ能力との最大の違いだ」

同じく風に乗るアランツィルさんが言う。

「魔族は、本当に様々なことができる。我々の想像も及ばないほどにな……」

「何か言いたいことでもあるのか？」

グランバーザ様が、元宿敵の含みに反応した。

「ミスリル鉱山を襲っているのは、巨大なモンスターだそうだな」

「……まさかッ⁉　この期に及んで貴様、まだそんな俗説を信じているというのか⁉」

歴戦の猛者グランバーザ様は、相手の言わんとすることを明敏に察した。

俺も察した。

「モンスター……、魔物は、魔族が操っている。それは人間側の完全な誤解ですよ」

人間側には、そんな噂（うわさ）が蔓延（はびこ）っている。

動物とも違う、異様にして邪悪な怪物……。

魔物。

それは魔王様が生み出したものであり、その命令に従って人間族を襲っているのだと。

『魔王を倒せば世界が平和になる』という主張も、その俗説が根拠の一つとなっているのだろう。

魔王様さえ倒せば魔物も滅ぶと。

「しかし事実は違う。魔物は魔族にとっても脅威なのだ。人間にとってと同様に」

魔族なら魔物を制御、使役することができる。

人間族はそう思っているらしいが、そんなのは根拠のないデタラメだ。

魔物……、モンスターは魔族も人間族も区別なく襲っている。

「魔族の民をモンスターから守る。それもまた魔王軍の重要な任務の一つなのだ」

「今、ミスリル鉱山を襲っているという巨大モンスターも、偶然現れたもので魔王軍とは関係ないと？」

「無論だ!!」

アランツィルさんのかける疑いを、グランバーザ様は即座に否定するのだった。

やはりウチのグランくんを主軸に和解が成ったものの、数十年と戦い続けてきた二人の確執がそう簡単に完全消滅するわけがない。

ちょっとした疑念も発生するだろう。

疑念は時間を掛けて払拭していけばいいのだが、そのためにもまずは……。

今、現実の危機として迫っているミスリル鉱山の巨大モンスターとやらを倒さねば。

炎魔獣、現る

「着いたーッ‼」

ゼビアンテスの起こした飛翔風は本当に速い。

さすが四天王の一人……、つまり魔王軍最高の風魔法使い。

想定していたよりずっと早く現場に到着して、見上げてみると、そこには……。

「本当にいた……‼」

巨大なモンスターが。

本当に巨大なヤツだった。

到着したばかりの俺たちはまだ鉱山を遠景に眺められる位置にいたが、その位置からハッキリ確認できるモンスターの巨体。

しかも空に浮かんでいるので、より明瞭に目立っている。

空の青と、モンスター自身から発する赤色が綺麗(きれい)なコントラストを描いている。

「何のタイプだ……？　あのモンスター……ッ⁉」

「トカゲ……ッ⁉」

俺も魔王軍時代から冒険者時代にかけて数多くのモンスターを駆除してきたが、あんなタイプを見たのは初めてだった。

体形や肌の質感はトカゲに似ていた。

しかし本来のトカゲと比べて遥かに大きい。

俺たち人類よりも遥かに大きい。

それこそミスリル鉱山をたった一体で制圧できるほどに。

それに加え、その巨大トカゲは全身が烈火のごとく赤い鱗で覆われ、実際に体の節々から火を漏らし出していた。

翼もないくせに空中に浮かび、口から火を吐いて、鉱山口近辺に絶えず猛炎を浴びせている。

まさしく灼熱地獄の体だった。

「鉱山は、ずっとああやって炎に晒されているのか⁉」

「そんな……⁉　あれでは皆焼け死んでしまう……⁉」

レーディが悲痛な声で言う。

一刻も早く、あの巨大火トカゲの火炎放射をやめさせねば！

取り出したヘルメス刀を伸ばし、剣形態で固定する。

「『凄皇裂空』‼」

振り下ろした剣から特大のオーラ斬撃が飛ぶ。

飛び道具として破格の威力を持つこの技は、極限まで圧縮したスラッシュ（斬）のオーラそのものを、斬撃の動作で飛ばす。

天空高くに陣取って、まともな攻撃も届きそうにない巨大火トカゲ。その横腹にオーラ斬撃が命中した。

「よっしゃ届いた‼」

その衝撃に押されつつ、空中で踏みとどまった巨大火トカゲの顔がこっちを向く。

「ぎゃあああッ⁉　気づかれたッ⁉」

「こっちに注意を向けられれば上出来だ‼」

そこから鉱山への被害拡大が途切れるということなのだから。

『凄皇裂空』をまともに受けたはずの巨大火トカゲだが、致命的なダメージの様子もなく元気にこちらへ向かってくる。

猛スピードで、空中を這うように。

「一体どういう原理で飛んでるんだ……⁉」

こちらに逃げ隠れする暇も与えず、すぐさま眼前まで迫ると、鉱山へ向けて吐いたのと同じように口から火炎を吐き出す。

俺たちに向けて。

「うぎゃあああああッ⁉」

悲鳴を上げながらも進み出たのは勇者パーティの壁役サトメ。

最年少の可愛い女の子ながら、巨大な盾を押し出し炎に対する。

怖いだろうに勇気がある。

「阻めええええええッ⁉」

ガード（守）特性のオーラを盾に込め、防御機能全開で炎を堰き止める。

ちょうど水流の中に小石を置いたように、炎は左右に分かれ、後方に駆け抜けていく。

サトメが防いでくれたお陰で、何とか炎に飲まれずに済んだ俺たち。

「熱いッ⁉　熱いいいいいッ⁉」

「大丈夫でござるかサトメ殿⁉」

炎の流れが一旦やみ、熱さにのたうつサトメを同じ勇者パーティのセッシャさんが気遣う。

「オーラを全力で盾に込めたのに防ぎきれませんでした！　盾が！　フライパンみたいに熱々に⁉」

「これでは次は防ぎきれそうにありませんぞ⁉」

本来ならオーラに遮断され盾自体は加熱されないはずなのだが、勇者パーティに抜擢されるサトメのオーラ力をも上回って……。

「あの火トカゲの放つ火勢が強いってことか⁉」

俺たちの見上げる空中にて、巨大火トカゲは大きく息を吸う動作をしていた。

まさに今から『火を吹きかけてやる』と言わんばかりだった。

その大火を吐き出さんとする瞬間に合わせて……。

「『凄皇裂空』ッ‼」

巨大オーラ斬撃を鼻っ面に叩きつけてやった。吐こうとしていた炎が四散し、余計に相手を苦しめる。

「だが遠いな……⁉」

巨大火トカゲが上空高くに浮かんでいるせいで距離が開き、その分『凄皇裂空』の威力が減衰しているようだ。

もっと深いダメージを与えるには、もっと接近して攻撃せねば……。

「あのドラゴンは……！　まさか……⁉」

俺の背後でグランバーザ様が驚きの声を上げていた。

「ドラゴン……⁉」

さすがに歴戦の猛者グランバーザ様は知識豊富、あの巨大モンスターにも心当たりがあるのかもしれない。

「だがしかし……⁉　いや、もしあれが禁書にあった炎魔獣サラマンドラなのだとしたら……⁉」

「グランバーザ様、お下がりください」

だがまずは、あのドラゴンとやらを駆逐するのが先決だった。

「アランツィルさんも。引退した二人を働かせては若い俺たちの立つ瀬がない。俺たちがやられそうになったら応援お願いします」

「わ、わかったが……⁉」

まずは、攻撃が効く距離まで接近することが肝要だ。

そもそもトカゲのくせに空に浮かんでいるのが汚い。

あれでは接近できずに大抵の攻撃が届かないじゃないか。

「あれを駆逐するにはまず、俺も上まで行かないと……！」

テキパキ計算。

……よし、算段がついた。

「サトメ！　踏み台になってくれ!!」

「ええッ!?」

まず助走。

全力で走り勢いをつけて、サトメの頭上へジャンプ。

「ああもう！　人使い荒いなあ!!」

こちらの意図を汲み取ったサトメは、盾を上へ向けてかまえる。

ジャンプした俺は、そのまま盾を踏み、全体重を掛ける。

サトメも全力で押し返し……！

「跳べえええええええッ!!」

俺を上方へ押し飛ばした。

この勢いで天へと駆け登り、あのドラゴンとやらの位置まで迫る。

途中、背中に風を感じた。

「ゼビアンテスか……！」

風魔法で上昇気流を作り出し、俺のジャンプを手助けしてくれている。

言われなくても適切なサポートをしてくれるとは似合わぬことを……。

お陰で充分ドラゴンとやらのところまで迫れたが、まだ足りない。

ドラゴンは、まだ鼻っ面に『凄皇裂空』を受けたショックで怯んでいる。

このチャンスを最大限生かさなければ。

俺はヘルメス刀を鞭形態に変えて打ち出した。

「絡みつけッ！」

金属の鞭は上手いことドラゴンの体に巻き付き、俺をぶら下げる。

ぶら下がったまま振り子となって揺れ、その勢いを利用して……！

「はあッ‼」

さらに上へと飛び上がる。

空中に浮かぶ巨大火トカゲのさらに上へ。

あらゆる生物にとって死角と言われる頭上へ。

そこから……。

満を持しての……。

「『凄皇裂空』ッ‼」

巨大オーラ斬撃を改めて叩きつけた。

今度は至近、しかも上方から。

さっきよりなおも効いているのは間違いない。

「『凄皇裂空』ッ‼　『凄皇裂空』ッ‼　『凄皇裂空』ッ‼　『凄皇裂空』ッ‼　『凄皇裂空』ッ‼

『凄皇裂空』ッ‼　『凄皇裂空』ッ‼」

しかも一撃ならず連続で。

そのためにわざわざ相手より高い位置に陣取ったのだ。

巨大オーラ斬撃の雨あられを受けてドラゴンは悲鳴を上げる。

ダメージから飛行能力を失ったのか、高度を失いドンドン地表へ近づいていく。

俺もまた空中に留まるすべを持たないので重力に引かれて落下していく。

「『凄皇裂空』ッ!! 『凄皇裂空』ッ!! 『凄皇裂空』ッ!! 『凄皇裂空』ッ!! 『凄皇裂空』ッ!! 『凄皇裂空』ッ!!」

落下しながらも追撃は欠かさなかった。

やがてズシーンと、地面を揺らす轟音と振動。

巨大ドラゴンが、我が攻撃にねじ伏せられるように墜落したのだった。

俺も続いて着地。

無分別に連発した『凄皇裂空』の反動で、落下スピードをほとんど殺すことができた。

なので無事なる大地への帰還だった。

ダリエル、推理する

「ひええええええ……ッ⁉」

ドラゴンとやらを叩き落として無事地上へ帰還すると、仲間（？）たちが呆然とした表情で俺を迎えた。

……いや。

何も皆してそんなにあんぐり口を開けなくても……⁉

「何ですかこの淀みない非常識の連続……⁉」

「あの空中にいる巨大モンスターを簡単に落としてしまった……⁉」

「まずどうやって攻撃を届かせるか。そこから打つ手なしだったでござるのに……⁉」

「ちょっと引くレベルなのだわ……⁉」

なんだよ、おかしいものを見るみたいな視線で。

失礼だと思わないのかね？

さすがに若造どもより高い見識をお持ちのグランバーザ様とアランツィルさんは動じてないだろうと思ったが……。

二人とも目が真ん丸だった。

「魔法が使えなかったダリエルが……、人間の戦い方を覚えただけでここまで……⁉」

「う、うむ！　さすが私の息子⁉」

何その無理やり自分を納得させるような態度？

そういえば武器を握って戦うところをグランバーザ様に見せたのは、これが初めてか。

成長したところをお見せできたのなら嬉しい。

しかし、今は戦闘中で気を抜いていいタイミングではなく……。

「皆ボサッとしている場合じゃないぞ！　せっかく敵さんを地表へ御案内したんだ!!」

袋叩きにする絶好のチャンス！

無論あのデカブツを、地に叩き落とすだけで絶命させられるなんて露も思っていない。

だからこそドラゴンとやらに息を整え直す暇も与えず、死ぬまで押し切ってやるのだ。

「は、はいそうですね！」

レーディが率先して剣をかまえる。

「勇者パーティかまえなさい！　ダリエルさんだけに活躍させては私たちの存在意義に関わります!!」

「承知でござる！」

「ワタシはもうけっこう働きましたけど!!」

レーディの号令でセッシャさんが槍を、サトメが盾をかまえる。

「もう勝ったも同然なので、あとは任せるのだわ～」

ゼビアンテスも戦え。

とにかく行くぞ！

今こそ楽しい皆で袋叩きタイム！

と思ったのに……！

「ぐわあああああッ⁉」

凄まじい炎の渦が巻き起こる。

それは墜落した炎のドラゴンが、みずから飛翔する際に出した噴射炎だった。

「クソッ！　もう復活したのかッ⁉」

見た目通りのタフさだな！

総攻撃の準備にグズグズし過ぎたか。

「こうなったら昇り切る前にもう一度叩き落として……ッ、……ッ⁉」

その時だった。

何やら嫌な感触を感じた。

汚物に直接触れるような感触。

その感触の理由はすぐわかった。

あのドラゴンだ。

天空に駆け上がったドラゴンの視線が、俺に浴びせられている。

「なんだ……ッ⁉」

ジッとこっちを見ている。

それだけに留まらず、その視線にはモンスターとは思えない感情めいたものが宿っていた。

しかも、憎悪とか嫉妬めいたドロドロとした感情。

それを明確に感じて悪寒が走った。

「何でッ⁉」

モンスターに憎まれる心当たりなんてないんだけども。

再び空中に浮かんだ炎のドラゴン。

改めて猛攻勢をかけてくるかと思いきや、踵(きびす)を返して後ろを向く。

「えッ？」

そのまま遠くの空へ去っていった。

「逃げた……ッ⁉」

一体何だったんだ？

攻撃に驚いて逃げ出したというなら、何故(なぜ)去り際にあそこまで憎悪剝(む)き出(だ)しの視線をこちらに送って来たのか。

わけがわからない。

本来、モンスターというのは単純な感情を持つ生き物じゃないのか。

あそこまで激しい敵意憎悪を向けていながら、それを標的にぶつけることなく去っていくとは。

逃げるなら恐怖でも浮かべるのが順当だろうに。

「と、とにかく危機は去った……！」

俺たちの目的はモンスターを倒すことではなく、ミスリル鉱山に滞在する人々を救助すること。

危機の大元であるモンスターは逃げ去ったのだから、充分に目的を果たしたと言える。

だからこれでいいのだ……、と思っていたのに……。

「グランバーザよ」

後方に控えていた先代勇者アランツィルさんが、グランバーザ様に呼びかける。

問いただすような厳しい口調だ。

「お前、あれが何か知っているようだな。見た時の反応が違ったし、名前らしきものまで呟いていたではないか？」

「ちょっと……、押さえて……！」

そんなケンカ腰じゃ、いらぬ誤解を与えてしまうかもでしょう。

かつて憎しみ合った過去は、俺に免じて忘却の彼方へ……。

「そうだ……、私はあれを知っている……！」

グランバーザ様は答えた。

「恐らくだがあれは炎魔獣サラマンドラだ。実際に見たのは私も初めてなので確実とは言えないが……」

「そ、そうですか？」

しかし、逃げた魔物の情報共有はあとからでもいいではないですか。

鉱山の被害状況を確認してから、改めて話し合いましょう。

「すまんがダリエル、このまま聞いてくれ。もしあれが本当に炎魔獣サラマンドラなら、事態は想定するより悪いかもしれん……！」

「ええッ⁉」

そのグランバーザ様の表情、今までに見たことがないくらい逼迫していた。

敵として付き合いが長いアランツィルさんも異様さに勘付いたか、息を飲んで話の続きを見守る。

「これは魔王軍のごく限られた上層部……、そう四天王しか知りえないことだ。この世界には特別な力を持った魔獣というものが眠っているという……！」

「炎魔獣サラマンドラとやらは、その魔獣のうちの一体だと？」

「そうだ」

「教えろ、魔獣とはいったい何者なのだ？」

さすがライバルというべきか、アランツィルさんが上手く相槌を打って話を促す。

「魔獣とは、遥か昔に魔王様が生み出したものだと言われている。元々は魔王様を守るための守護獣だったが、知能が低く指示を聞かなかったために放逐されたと……！」

「何……？」

「それから時代が経ち、ある魔族が研究の末に魔獣を自在に操る魔法を開発した。大きなリスクを伴うが、魔族が魔獣を使役できるようになったという」

「貴様‼」

アランツィルさんが、グランバーザ様の胸ぐらを掴んで迫る。

「やはり魔族はモンスターを操ることができるのではないか！　ヘタなウソをつきおってからに‼」

「魔獣とモンスターはあくまで別種の生物だ！　魔獣使役の魔法を応用してモンスターを操る研究も大昔にされたが、結局実らず頓挫したと聞く……！」

そんなこと過去魔王軍にいた俺ですら初耳だ。

「魔獣はモンスターより遥かに強力で希少なのだ。文献の中に挙がる魔獣の名は全部で四体しかなかった」

炎魔獣サラマンドラ。

風魔獣ウィンドラ。

水魔獣ハイドラ。

地魔獣ギガントマキア。

「この魔獣のうち一体でも本気で暴れ出したら手が付けられず、数多くの村や街がなすすべなく滅ぶという。魔族は魔獣使役の魔法を開発したものの、結局は禁呪として封印したのだ」

「どうして？」

「言っただろうリスクがあると。たとえ方法があっても、魔獣を従えることはこの上なく危険なのだ」

炎魔獣が気まぐれにしろ自分自身の意思で鉱山を襲ったなら、大惨事ではあるが、それ以上の深刻さはない。

天災が来て去ったのと同じようなものだからだ。

しかし。

あの魔獣の裏に、意図ある何者かが隠れているとしたら……。

「禁呪は、魔王城のどこかにある『秘密の部屋』と呼ばれる場所にまとめて保存されている。権限を持つ者でなければ入室することもできない」

「権限を持つ者というのは……⁉」

「四天王……！」

そこでまず全員の視線がある一人に集中した。

この場に居合わせた四天王ゼビアンテス。

「まッ、まさかわたくしが疑われているのだわ⁉」

その通りでございます。

「いやいや待て待て、待つのだわ！　わたくしはここ最近アナタの村で遊び呆けていて、それをアナタも目撃しているはずなのだわ！　アリバイ成立なのだわ！」

堂々と言うことではないが、たしかに言う通りだ。

さすがのゼビアンテスにも、ラクス村で遊び呆ける傍ら禁呪を研究する勤勉さなどあるまい。

「ドロイエ様もベゼリア様も、今はラスパーダ要塞で勇者を迎え撃つ防衛体制を固めている。詳しく調査しないと確言できないが、魔王城に戻って禁呪を漁る余裕なんて、まずないだろう」

だとしたら。

消去法で最後に浮かび上がるのは一人。

現れた炎魔獣と属性も合わさるのが益々疑惑を深める。

炎を司る現役四天王、『絢火』のバシュバーザ様……！

ゼビアンテス、グランバーザを励ます

「ここまで愚かとはッ‼」

グランバーザ様が地面を殴りつける。

激情極まってのことであろうが、拳を中心として地面に亀裂が四方八方へと走り、ヒビの隙間から真っ赤な炎が噴き出す。

「これほどまでに愚か者だったとは……！　バシュバーザ……！」

現四天王で炎の座に就くバシュバーザ様と、先代で同じ席にいたグランバーザ様は、ただの先代後代だけの間柄ではない。

血を分けた親子だった。

だから受ける衝撃もひとしおであるのだろう。

「ひっ……⁉」

グランバーザ様の放つ激情に、そこに居合わせた全員が気圧(けお)されて戦(おのの)いた。

それこそかつてのライバルであったアランツィルさんを除いて。

「あッ、あのー……！」

その中で一人、魔王軍サイドのゼビアンテスが果敢に問いかける。

超ビビりながらだけど。

「バシュバーザのヤツがアホなのはたしかだけど、そこまで怒る必要あるのだわ？」

「というと？」

「たしかにあのデッカイトカゲは驚異的だけど、あれをコントロールできるって言うなら大きな戦力間違いなしだわ。四天王としては手柄を挙げているって言っていいのだわ？」

その指摘に、周りの者も『たしかに……！』と頷いた。

特に勇者レーディのパーティは、それだといずれ炎魔獣と戦わされる張本人となるはずで、とにかく大変なはずなのだが、それも納得している。

「糞馬鹿垂れぃッ!!」

「うひぃいいいいいいいッ!?　なのだわッ!?」

猛烈なるグランバーザ様の怒号に、ゼビアンテスは吹き飛ばされんばかり。

「魔獣使役の秘法は禁呪だと言っただろう！　たしかに魔獣は強力！　だがだからこそコントロールを失った際の危険は計り知れん!!　禁呪は、相応のリスクがあって使用を禁じられているのだ!!」

その危険性を弁えずに軽々しく禁呪に触れてしまうことが……。

「愚か……！　愚かとしか言いようがない……!!」

「げ、元気出してなのだわグランバーザ様！」

ゼビアンテスのアホが、愚かな質問をした失態を取り繕おうと躍起になる。

「た、たしかにバシュバーザのアホはどうしようもなく無能で！　さらに最低なのは自分が無能だと気づきもしないところで！　わたくしも含め他の四天王は迷惑しっぱなしだったけど！」

「……ッ！」

「そんな大バカ野郎のアイツでも、探せばきっといいところの一つぐらいはあるはずなのだわ！　同僚として一緒に働いてきたわたくしなら心当たりがあるのだわ！　んん〜っと……、ないのだわ!!」

「……ッ！　ッ!!」

「もうちょっとだけ待つのだわ！　必ず思いついてみせるから……、ええと、時間にはだらしないし。そのくせ自分以外が一秒でも遅れたら滅茶苦茶怒るし。食べ物の好き嫌いも多くて、自分の嫌いな野菜を出しただけで料理長をクビにしたこともあったのだわ！　ああ、あと！　多分かもしれないけどアイツ、オタクなのだわ!!」

「…………ッ!!」

バシュバーザ様を擁護しようとしているらしいが、逆に欠点しか挙げないゼビアンテスの証言に、グランバーザ様が崩壊し出している。

「もうやめてえええええッ!!」

見かねて勇者パーティ総出で止める。

「なッ!?　何をするのだわ!?　わたくしはグランバーザ様を元気づけようと……ッ!!」

「完全にとどめ刺しにかかってるのを気づけないの、このアホ!!」

「誰かこの四天王クソ女の口を塞ぐでござる!!」

「いっそ息の根止めましょう！　このまま生きててもロクなこと言いそうにありません!!」

若者たちがグチャグチャしている横で、俺とアランツィルさんは冷静に状況をまとめていた。

「とにかく今はまだ決めつけてかかるべきじゃないですね」

「そうだな。今ここで言ったことすべてが推測の域を出ない。仮定を確定にするために裏取りが必要だ」

その中で、推測が事実によって否定されることもあるかもしれない。

バシュバーザ様が主犯であるという推測が。

俺の見立てでは、限りなくクロと言わざるを得ないが。

「そうだな……、そのためには何よりも魔王城に戻らねばなるまい」

グランバーザ様も往年の英雄である。

乱れた心境を即座に切り替え、平静を取り戻す。

「魔王城に戻り、バシュバーザを直接問い詰める。あの炎魔獣を操り、けしかけたのが本当にアイツなのか……！」

「もし、すべてが推測通りだったとしたらどうする？」

聞きにくいことをズバリ聞くのは、長年命のやり取りをしてきたアランツィルさんだった。

「責任を取るさ」

グランバーザ様は意を決して叫ぶ。

「ゼビアンテスよ!!」

「ハイッ！　なのだわ!?」

勇者パーティによって袋叩き（ふくろだた）きにされていたゼビアンテスが応える。

「共に戻るぞ！　お前には証人になってもらう!!」

「証人？　何のだわ？」

「推測通り、バシュバーザのヤツが禁呪に手を出していたとして。その罰として、この私みずから息子を処刑する、その正当性を示すための証人だ」

この宣言に、居合わせた全員は息を飲んだ。

かつて魔王軍を率いた四天王の最強者。

その決意の苛烈さに。

「戻られるのですねグランバーザ様」

「どの道、今は人間族の側に立ったお前と魔族の私が一緒にいるのはマズかろう。それぞれができることをするために別行動をとるべきだ」

グランバーザ様の主張には筋が通っていたが、それでも俺は不安だった。

「決して早まったりはしませんよう……」

「お前は聡（さと）いな……。心配するな。正しい落とし前のつけ方はわかっているつもりだ」

グランバーザ様は呪文を唱え、魔導具を呼んだ。

炎魔法の高温で稼働する乗り物型の魔導具だ。

あれがあれば、ここから魔王城までひとっ飛びであろう。

「お前たちは、目の前の救助に専念するのだ。一人でも多くの生存者を救出せよ」

「御意」

ゼビアンテスを抓み上げるとグランバーザ様は、魔導具に乗って飛び去っていった。

「ええッ⁉　ちょっと待って⁉　わたくしもホントに帰るのだわ⁉　バシュバーザのアホのためにわたくしの休暇が切り上げられるなんて嫌ああああッ⁉」

ゼビアンテスのゴネ声が、遠ざかっていって最後には聞こえなくなった。

「アイツはもう戻ってこなくていいや……！」

しかしグランバーザ様には生きて再びお会いしたい。

それもすべては息子バシュバーザ様の愚かさ次第ということか……。

「まったく……！」

どうしてこんなにバカなマネをするんだ？

お父上から家格と才能を受け継いで、無難にこなすだけでも成功が約束されているような立場なのに。

何故、無理をしてまで大手柄を狙うのか？

いや、それが成功すればいいのだが、試みすべてが裏目に出て、禁呪に手を出すほど追い詰められている。

何がそこまで、あの人を追い詰めたというのか？

最初のまま俺が四天王補佐に就いていたら、そうした暴挙を止めて正しく導いてやることができたのか。

『もしも』など虚しいだけだとわかってはいるが、それでも心底でグルグル回る『もしも』を留めることができない。

ポン、と肩に手を置かれた。

振り返るとアランツィルさんだった。

「……ダリエルよ。立ち止まって考えたくなる気持ちはわかる。しかし今は止まることを許される局面ではない」

なんか加速度的に馴れ馴れしくなってるなあと思える元勇者さんであった。

いや、馴れ馴れしくなってる理由はわかるんだけども。

「急ぎ鉱山の被災現場に向かい、生存者を救出するのだ。あれだけの大火に晒された。生きていたとしても重傷。一瞬一瞬が貴重な残り時間となっているはずだ」

「…………」

アランツィルさんの助言は一片の余地もなく正しい。

今は考えるより行動が必要だ。

炎魔獣に襲われた鉱山の救助に全力を注がねば。

俺は残る全員に呼びかける。

「もう少しすればガシタが後続隊を率いてやってくるはずだ。医療品などの救援物資も充分に携えてくる」

ガシタならもうその程度の判断は容易にこなせる。

何しろ今やラクス村のトップクラス冒険者なのだから。

「俺たちは先んじて生存者を捜索、一人でも多く助け出すんだ。行くぞ‼」

「「「はいッ！」」でござる！」

なんか俺が勇者パーティに指示を出しているのに強烈な違和感を覚えつつ、俺たちは炎魔獣が暴れていた直下へと向かった。

あそこで働いている皆が無事でいたらいいいんだが……！

ダリエル、救助活動する

炎魔獣サラマンドラとやらが襲っていたのは、ミスリル鉱山のまさに中心地と言える区域だった。

発見した時は遠景だったのでわかりづらかったが、たくさん駆けて現地に到達してみると、受けた被害の凄惨さがわかる。

「黒焦げじゃないか……！」

鉱山運営のため地表に建てられた施設が真っ黒な瓦礫と化していた。何もかも崩れ去っている。

燃え跡が放つ余熱でなお、周囲は灼熱地獄の様相だった。

暑さで体中から汗が噴き出す。

「生存者は……？」

「無理でござろう。こんな惨状では……!!」

セッシャさんの言いたい気持ちもわかる。

ここに来るまでに、道端に転がる人形の消し炭をいくつか見た。

すぐにでも人らしく葬ってあげたいところだったが、それでも生存者が優先だった。

まずは生きている人たちを探し出すべきだったが、まだ一人も見つからない。

「まさか……⁉」

「あれほどの猛炎でござる……！　考えたくはありませんでしたが……！」

生存者ゼロ……⁉

その最悪の結論が頭をよぎった時、同時にここで働く数多の人々の顔もよぎった。

ミスリル鉱山が人間族の手で運営されるようになってから一年余り。

ここの人々とも多く顔見知りになれたのだ。

そんな人々がもういないなんて……。

「ダリエルさん！　ダリエルさんッ!!」

最悪の想像に襲われているところへ、レーディが駆け込んできた。

「こっちに、こっちに来てください!!」

「何かあったのか!?」

もしや生存者？　という俄かな期待と共に向かってみると……。

そこは坑道の入り口だった。

実際に鉱石を掘り出すために開けられた穴が深く深く進んでできた作業道だ。

ただ、この坑道口……。

「塞がれてる……!?」

大きな岩が蓋のように立ちはだかって、坑道の内と外を行き来するための出入り口を塞いでいた。

これでは坑道の中に入ることもできないし、また中にいる者は外に出ることもできないだろう。

「隙間には、御丁寧に土砂が敷き詰めてあってピッタリ塞がれている……!?」

「ここまで徹底した封鎖が自然に起こったとは考えにくいな」

アランツィルさんも、この場に駆けつけていた。

今、全員の注意がこの岩戸に向けられている。

「坑道とは、いわば人工的な洞窟。要塞まではいかないが、何かしら異変があった時の避難場所としては優良と思えないか？」

「ここまで厳重に入り口を塞げば、炎魔獣の火炎だってシャットアウトできたでしょう」

「ただ、密閉し過ぎると新鮮な空気も入ってきていない恐れがある」

向こう側に誰かいるとしたら、急がなければ窒息の危険すらあるわけか。

「この大岩をどかす算段はありますか？」

「魔獣の炎すら防いだわけだからな。しかし、この勇者の秘技をもってすれば……⁉」

アランツィルさんが、得意武器の棒を大きく振り回す。

俺も倣ってヘルメス刀を剣形態にして振り上げた。

「『凄皇裂空（せいおうれっくう）』ッ‼」

同時に放たれる二つの巨大オーラ斬撃。

その切断力、破壊力に大岩も耐えることができず、二つに裂かれ、また二つに裂かれて四つとなって飛び散った。

「うわあああああーーーーーーッ⁉」

爆発かという破片の粉砕に、近くで見守っていたレーディたちは煽（あお）られる。

ごめんね急にやって。

だがお陰で大岩は完全に粉砕されて、ポッカリと口を開けた坑道の穴。

「さあ、これで中に誰かいてくれたらいいんだが……!?」

そうでなければ、外の焼け野原ぶりから見て今度こそ生存者は絶望と言っていいだろう。

救助隊は、そのまま遺体回収隊としての沈鬱な仕事を進めなければいけない。

が……。

「おーい、おーい」

今の!? 聞こえた!?

坑道の奥からたしかに人らしきものの声が！

よく見れば奥の暗闇に一点、赤い明かりが灯っているのも確認できた。

あれは間違いなくカンテラの灯火だ。

「やったッ!!」

俺は思わず叫んだ。

坑道の奥からたくさんの数のノッカーと、同じくらいたくさんの人間族が出てきた。

「ベストフレッドさん!!」

彼は、センターギルドから派遣された幹部クラスで、ここミスリル鉱山の運営指揮も執っている。

一年前に初めてここを訪れてからの付き合いだ。

そろそろ顔馴染でもあったので、生き残ってくれていて本当に嬉しい。

「ダリエル村長……！　キミなら助けに来てくれると思った……！」

煤だらけで鉱山から這い出てきたベストフレッドさんは、息も絶え絶えという感じだった。

「ダリエル様ー!!」

「やっぱりダリエル様が助けに来てくださっただー!!」

鉱山に住む亜人種ノッカーも大喜びだ。

命の危機を乗り越えた安堵(あんど)の喜びであろう。

「よかったー！　いやもう地上の焼け野原を見た時は、もう誰も生き残っていないものかと……!!」

「ノッカーくんたちが、いち早く危険を察知してくれてね。……地上のギルド職員や労働者はほとんど坑道へ逃げ込むことができた」

ベストフレッドさんとノッカーたち、肩を組んで結束をアピール。

「おやびんは優しいから大好きですだー!!」

「ダリエル様の次に信頼できますだーッ!!」

キミらいつの間にそんな仲良くなった？

まあ一年も一緒に仕事してたら当然か？

「いやあ、驚いたのなんのって。いきなり空から巨大モンスターが現れるんだもの！　もう少し避難が遅れていたら間違いなく全滅だった」

実際に炎魔獣サラマンドラが現れる頃には非戦闘員の避難は完了し、あらかじめ用意しておいた仕掛けで坑道出入り口も封鎖して何とか守りを固めることができたという。

「もしもの時のための備えを作っておいて助かった……！」

実際、坑道を封鎖したお陰で炎魔獣はその奥まで攻め込んでこれなかったのだから。

「守備要員として雇った冒険者が何人か地上に残ったんだ……、魔物と戦うと言って……、ダリエルくん、それらしいのを見なかったかね？」

「………………」

俺が思い浮かべたのは、ここに来るまでに見た黒焦げの遺体だった。

鉱山の脅威と戦うのが仕事とはいえ、蛮勇を奮って何になるというのか。

一目で勝てない相手とわかれば、そこは判断を迷わず逃げるべきだった。

「でも、本当に皆が生き残ってくれてよかった。最悪の事態は避けられました」

「ああ、だが……」

ギルド幹部ことベストフレッドさんは地上に出て、灼熱の焼け跡となった地表を見渡した。

悲壮の表情で。

「……すべてが焼き尽くされてしまった。一年掛けて築き上げてきたものが、すべて灰になってしまったよ……」

「アナタがまだ生きているじゃないですか」

生きてさえいれば何度でもやり直せる。

だから生存者がいる以上、何も終わってないし何も失敗していない。

「まだまだこれからですよ……！」

「……そうだな、であれば復旧作業を急がねば！」

その通りです。

「では早速救助活動に入ろう、ダリエルくんも協力してほしい」

「どうぞ何なりと」

「モンスターが襲って来る直前、多くの人員が坑道内に逃げ込んだのだが、その彼らを外へ連れ出してほしい。迷って出られなくなってる可能性もあるから」

「それは大変だ」

坑道内は、鉱石を掘り出すために深く掘り進められ、枝分かれして迷路のようになっている。

素人が準備もなく踏み込めば、迷うのは確実。

そこで坑道の構造に詳しいノッカーたちに捜索を頼むという。

「ダリエルくんたちも一緒に坑道に入ってくれないか？　ギルド職員の中には、いまだにノッカーたちを怖がる者もいて、指示を聞かないかもしれないんだ」

そんな錯誤なヤツがまだいるとは……。

「仕方ない、行きましょう」

ガシタの後続隊が来るまで本格的な復旧作業も始められなさそうだし、それまでボーッと待ってるわけにもいかないからな。

「私も行きます！　人々のために力を尽くすのが勇者の役目です！」

「私も勇者を辞めた身だが、この老体が役立つのなら喜んで働かせてもらおう」

レーディとアランツィルさんも救助活動に名乗りを上げた。

「勇者様と！　先代勇者様⁉　何故(なぜ)このようなところへ⁉」

今さらベストフレッドさんが驚いていた。

バシュバーザ、復讐のために出撃する（四天王ｓｉｄｅ）

ここは魔王城。

魔王軍の本拠地でもあるこの城塞へ、先代四天王のグランバーザは帰還するなり大声を発した。

「バシュバーザ!!　バシュバーザはどこにいる!?」

その大声に、魔王城に詰める兵士や将軍、使用人に至るまでが反応し、震えあがった。

自分自身が怒鳴りつけられたのではないというのに、恐怖で身が強張る。

歴代最強と謳われたグランバーザの大声にはそれだけの威力があった。

声だけで人が殺せる実力者なのである。

とにかくも城内を突き進み、奥の部屋へと至った。

そこはバシュバーザが四天王として専有している私室であった。

魔王軍の頂点というべき役職だからこそ、そういった特権が許されるが、バシュバーザに関してはそれら特別に許されていたことが今日にも許されなくなるかもしれない。

ノックもなしにドアを蹴破る。

書物や魔法実験器具などで雑然とした室内に、人影が一つ浮かんでいた。

「これはこれは父上。突然どうしたのですかな？」

現役四天王のバシュバーザ。

彼の様相は、かつて見たものとは別人かというほどに様変わりしていた。

随分と痩せていた。

肉が薄くなって頬がこけ、眼球も落ちくぼみギョロギョロとしている。

そのアンデッドのような形相に、実父であるグランバーザですら怯んでしまう。

「バシュバーザ……、なのか？　お前、本当に……？」

「あはははは。やだなあ、いかに期待外れの息子といえども顔を忘れるのは酷いんじゃないですか？　……あれ？　よく見たら我が同胞、四天王『華風』のゼビアンテスも一緒だね？　珍しい取り合わせだ」

ミスリル鉱山から引きずられてきたゼビアンテス。

元々自由な性格のゼビアンテスなので、この険悪極まる親子の対決に関わりたいなどと思わない。

しかし逃げると後日もっと酷いことになる。それもわかっているのでこの場に留まるしかない。

「ばっ、バシュバーザ、アンタに聞きたいことがあるのだわ⁉」

「何かな？　そもそもキミとボクは四天王として同志の間柄。隠し事などあるはずがないぞ！」

普段のバシュバーザからは想像できない大らかさに却って不気味さが際立つ。

お陰で絶句してしまったゼビアンテスに代わり、グランバーザが再び口を開いた。

「………バシュバーザ、お前『秘密の部屋』に入ったか？」

「『秘密の部屋』？　何ですかなそれは？」

あからさまに惚ける息子に、父親の放つ気迫の激しさが増す。

「ウソウソウソウソ、知ってますよ。これぐらいの冗談に笑ってくれないなんて余裕がないなあ」

「ならば言ってみろ、『秘密の部屋』とはなんだ?」

「この魔王城のどこかにある部屋。しかしどこにあるかはわからない。探し求めても決してたどり着けないが、しかし存在することは確定している」

バシュバーザは朗々と答える。

「ただし、その『秘密の部屋』最大の意義は、その中のものにある。あの部屋には過去開発された禁呪のすべてが所蔵されているという」

「そうだ、だからこそ『秘密の部屋』はどこにあるのかわからないし誰もたどり着けない。みだりに禁呪に触れることは許されないからだ」

父グランバーザが説明を引き継ぎ言う。

「禁呪とは、過去の魔法開発によって生み出された傑作にして失敗作だ。威力は高い。成功例として生み出された正規魔法より遥かに強い。しかし、その代償であるかのように恐ろしい欠陥が伴い、あまりにも危険過ぎるので封印された」

それが禁呪。

かつてのバシュバーザが製造しようとしたミスリル圧縮魔法爆弾もまた威力と欠陥両方を伴う魔法であったが、禁呪ではなかった。

製造に大量のミスリルを消費するという欠点が、禁呪に指定されるほど危険とみなされなかったからである。

禁呪となるには、それよりもなお恐ろしい扱いの難しさ、そして扱いを誤った時にもたらさせる被害の大きさが条件となる。

少しでも運用をしくじれば、魔族自体が滅びかねない。

それぐらい危険なものでなければ禁呪と呼ばれない。

「だからこそ『秘密の部屋』は門外不出の秘所とされ誰も近づけない。限られた権限を持つ者しか。その権限を持つ者とは…………！」

「四天王」

父子の間に激しい火花が散った。

「……バシュバーザ、お前は知っているか？　禁呪の一つに、魔獣を従える魔法がある」

「それは凄い魔法ではないですか！　魔獣を思うままに操れれば勇者も一捻りであろうに、何で禁じてしまったのです⁉」

あまりにもわざとらしい反応ぶりだった。

「……無論、禁呪ならではのリスクがあるからだ。魔獣使役の魔法とは、正確には術者の意識と魔獣の意識を混ぜ合わせる魔法だ」

魔法使用者と魔獣の意識を共有させ、術者の欲求を、魔獣自身の欲求であるように錯覚させる。

術者が殺したいと心から望む相手を、魔獣も殺したい。

術者が壊したいと心から望むものを、魔獣も壊したい。

そうやって魔獣を術者の思い通りに動かす。それが禁呪のシステムだった。

「魔族を遥かに超える絶対強者、魔獣を望み通り動かすには、そうするぐらいしか方法はない。

蝙蝠(こうもり)やネズミ程度を操る洗脳魔法など、魔獣相手には即座に弾(はじ)かれるだけだ」

魔獣は魔族よりも遥かに高等なので、従わせることなどできない。

だからこそ魔獣を操るには支配するのではなく、心を重ねて一体化させる。

そしてその行為には尋常ならざるリスクが伴う。

「そもそも心を混ぜ合わせること自体、危険な魔法だ。混ぜ合わされた心は自他の境界が曖昧になり、そして混ざったものは大抵元通りに分離できない」

一つなのか二つなのか、区別のなくなった意識は意味消失する。

しかし実際そうなることはない。

消え去るのは大抵術者の精神だけで、魔獣の精神は無事あり続ける。

魔獣の精神が術者より遥かに大きいため、常に小さいものが大きいものに飲み込まれて消え去る。

「術者の精神が、より巨大な魔獣の精神に飲み込まれる。それだけならばまだいい。しかし魔獣は取り込んだ術者の望みに従い続ける。術者が破壊したいと願ったものすべてを破壊するのだ」

まるで遺言に応えるかのように。

術者の精神を完全に取り込んだあとも、望みが満たされるまで魔獣は術者の欲求に従うのだ。

何百年も昔、それで魔族は一度滅びかけたことがあるという。

かつて術者が憎んだものすべてを破壊し尽くすまで。

「それがどれだけ恐ろしいことかわかるか!? 禁呪は、決して触れてはならないから禁じられているのだ！ その意味を理解できず、安易に使用するなど四天王にあってはならない軽率さ!! それだけで充分罷免の理由に……！」

「煩いなあッ!!」

鼓膜に突き刺さるような反論が部屋に響き渡った。

バシュバーザ、偉大過ぎる父グランバーザへの生まれて初めての罵りの言葉だった。

「さっきから何なんです？　禁呪は恐ろしい、魔獣も怖い。仰る通りです！　でも何でそれをボクに言うんです⁉　そんなのボクとは関係ない！　意味がわかりませんよ!!」

「お前が、その禁呪を使ったからだ」

「酷い言いがかりだなあ⁉　何でそう思うんです？　証拠でもあるんですか⁉」

「お前のその急激なやつれ様。そして著しい情緒の不安定さ。すべて魔獣と精神を重ね合わせたことによる影響だろう？」

魔獣と精神を合わせたことにより、魔獣の狂暴性が術者にも伝染する。

その結果として術者も魔獣同様の獰猛な性格へと変わり果てる。

「加えて、魔獣からの精神侵食を食い止めるため術者は過剰に魔力を放出する。その末に消耗して痩せ衰える。今のお前のようにな」

頬がこけ、眼窩が落ちくぼみ、幽鬼のごとき形相となったバシュバーザ。

「極め付けが、魔獣の現れた場所だ。お前とミスリル鉱山との確執は私も聞いている。大失態の起因となったあの場所を、さぞかし憎んでいることだろうな」

「…………」

「魔獣の操作は容易ではない。使役魔法の特性上、術者が本当に壊したいと望むものしか壊さないのだ。そもそも『秘密の部屋』に入れる時点で容疑者は四天王に絞られる。その中でミスリル鉱山に一際の憎悪を抱く者は……」

バシュバーザしかいない。

「……愚かな息子よ。どうせ度重なる失態から、炎魔獣の恐るべき力によって一挙に挽回しようと考えたのだろう。しかしその考え自体が四天王失格だ」

禁呪を厳重に管理するため保管場所への出入りを許されているのに。その管理者みずからが禁呪を使って利益を図る。

「そんな自分勝手な者を、四天王の座に置いてはおけぬ！」

「煩いよ！　煩い！　煩いなあクソジジイ!!」

バシュバーザは幽鬼の瞳に危険な灯火を浮かべた。

もはや正気の色ではなかった。

「四天王失格？　ククク願ったりだよ！　四天王の座にもう興味はない！　ボクはそれより上の、さらに偉大な座へ昇るんだから!!」

バシュバーザは誇らしげに笑う。

「ボクは英雄になるんだ！　勇者を殺し、人間族を滅ぼし、誰も成し遂げたことのない偉業を成し遂げ、永遠に消えることのない伝説的人物となるんだ！　炎魔獣サラマンドラの力を使って!!」

「ついに、みずからの口で吐き出したな。……ゼビアンテス」

グランバーザは、傍らで固まっている現役四天王に目配せする。

「今の言葉、しかと聞いたな？」

「は、はいだわ……⁉」

「現四天王バシュバーザは、重大な反逆を起こした。厳重に管理されねばならない禁呪を持ち出し、魔族そのものを危険に晒した罪……」

禁呪とはそれほど恐れられるもの。

「……この先代四天王グランバーザが、罪人を処刑する」

「ククク実の息子を処刑するだって？　随分と薄情なパパだねえ？　……でも、反逆しているのはどっちかな？」

「？　どういう意味だ？」

「クソジジイは魔獣使役の禁呪に随分お詳しいけど、やっぱり実際使用してないだけあって厳密に知らないこともあるようだねえ……。たとえば魔獣と意識を共有した術者は、感覚をも魔獣と共有できるってことをさ！」

バシュバーザは、その事実を誇示するように下目蓋を指で引っ張る。

「炎魔獣サラマンドラが見たものは、この目にも見えてるってことさ。ミスリル鉱山の麓で、敵であるはずの勇者と仲良く並んでいたアンタの姿もハッキリ見えたよ」

「お前、すべて知った上で……⁉」

「敵と仲良くなることこそ重大な裏切りだよねえ⁉　背信？　内通？　とにかく伝説の英雄グラン

バーザも、汚らわしい裏切り者に堕ちたってことだ。ギャハハハハハハハ!!」

背骨が折れそうなほど身を反らして笑うバシュバーザ。

「いいぞお！　ボクにもやっと運が向いてきた！　現役勇者と先代勇者が同じところに集っている！　これを一挙に殺せば大手柄！　そして裏切り者となった先代四天王も処刑して、目の上のタンコブも消える！　英雄と讃えられるのはボク一人で充分なのだあああ!!」

「バシュバーザ！　気持ち悪過ぎるのだわ!!」

「ゼビアンテス！　勇者と共にいたお前の姿もバッチリ見えていたぞ！　お前も反逆罪で処刑してやるから安心しろ!!」

そしてもう一人。

バシュバーザにとって見逃すことのできない人物がもう一人、あの場にいた。

誰より重要な、もっとも憎い相手。

「ダリエル……、ダリエルううう……!!」

その姿も確認していた。

意識を共有した魔獣の目を通して、ハッキリ確認することができた。

彼自身が追放して、以来一度も見ることがなかった元補佐役の姿。

「見つけたぞ！　地の果てまでも探し出して殺してやろうと思ってたのに、すぐさま見つかるなんて運がいい！　やはりボクは運命に愛された、英雄になるべき魔族なのだあああッ!!」

「バシュバーザ！　これ以上罪を重ねるな……！　うぐあッ!?」

息子を取り押さえようとしたグランバーザ、逆に巨大な拳に弾き返される。

魔王城の壁を殴り破って突入してきた巨大な拳。

バシュバーザを鷲掴み（わしづか）にして、そのまま引き戻される。

「しまった⁉」

バシュバーザは巨大な拳諸共（もろとも）、外へ。

慌てて追うグランバーザが、壁に空いた穴から外を見ると……。

「炎魔獣サラマンドラ⁉」

空に浮かぶ火炎竜は、ミスリル鉱山を襲撃したのと寸分たがわぬ魔獣だった。

その体の上に立つバシュバーザ。

「ごきげんよう父上！　本当はこの場でアンタを殺してやりたいところだが、あと回しにしてあげるよ！　わかるだろう⁉　ボクと精神を共有したサラマンドラは、ボクが一番最初に殺したい相手へ向かうんだ！」

「お前、まさか……⁉」

グランバーザ、壁際から唸（うな）る。

「そうダリエルだ！　ダリエルから最初に殺す！　目を潰し舌を引き抜き、鼻を削（そ）いでから四肢を斬り落とし、地獄の苦しみを与えてから灰も残さず焼き尽くしてやる‼」

魔獣を使役するバシュバーザは、逆に精神侵食を受けて魔獣の狂暴さに駆り立てられていた。

どちらがどちらに操られているかもわからぬまま、憎悪の塊がダリエルへ迫る。

そして再び俺ですが……。

救助活動を続行していた。

鉱山内部に避難した人々を捜索し、外へ連れ出す。避難場所として絶好の坑道内であったが、暗い上に迷路のように入り組んでいるために慣れない人が踏み込めば絶対迷う。

普段は事務仕事などして坑内には立ち入らないはずの人々とかね。そういう人たちが、坑道内に入らなきゃ炎魔獣に焼かれて死ぬっていう状況だったのでやむなく入った。

ノッカーたちと協力して捜し出し、発見次第連れ出すのであった。

「はあ、出られた……ッ⁉」

「二度と太陽を拝めないかと……ッ⁉」

連れ出されたギルド職員さんたちは九死に一生を得たような顔をしていた。

「ありがとうございますダリエル村長！　アナタが駆けつけてくださらなかったら我々生き延びられませんでした！」

いやいや。

坑道に潜ってアナタらを探し出したのはノッカーたちですからね。彼らにもしっかりお礼を言ってあげてください。

ガシタ率いる後続隊も到着。

本格的に救助作業から復旧作業へと移る。

瓦礫（がれき）を片付け、周囲から伐（き）り出（だ）してきた木材で仮宿舎を建てる。

「でも本格的な建て直しを目指すなら、本業の大工でも呼ばないとダメですよ？」

「無論算段はつけてある。センターギルドに支援を要請して、建材や人手を送ってもらうつもりだ」

責任者ベストフレッドさんが言う。

それはよかった。

ミスリル鉱山は、重要施設だから偉い人たちも支援を惜しまないでしょう。

「今まで使っていた施設は、魔族から奪取したものをそのまま使っていたからな。これを機にもっと新しい使いやすい施設を建造しよう！　キミらもリクエストがあればドンドン言うがいい!!」

「ええッ!?　オラたちの希望も受け付けてくれるだか!?」

「もちろんだとも！、この鉱山で一番働くノッカーくんたちこそ報われるべき!!」

「オラ、風呂場が欲しいだー！」

「オラは焼き豚が食いたいだーッ！」

「嫁さん欲しいだーッ!!」

ベストフレッドさんとノッカーたちが仲良くなり過ぎている……!?

まあいいや。

「アニキアニキー」

復旧隊を指揮するガシタが報告に来た。

コイツもすっかり立派になりやがって……！

「復旧作業、予想より捗ってますね。やっぱり住民のほとんどが速やかに避難して、怪我人皆無なのが幸いでした」

「俺たちにできるのは瓦礫片付けて、夜露を凌げる仮住まいを整える程度か。あとはセンターギルドにでも任せよう」

「承知しやした。では諸作業が済んだあとは、最低限の人員だけ残して撤収ということで？」

「……」

「アニキ？」

ガシタの確認に、俺は即答できなかった。

彼の提案は至極真っ当なものだ。ここまで派遣してきた救助兼復興のための人員は、ラクス村に所属する冒険者たち。

彼らには本来ラクス村でのクエストをこなしてくれないといけないのだから、いつまでも鉱山に釘付けにされていてはラクス村の生活が滞る。

ガシタの言うように、緊急状態が過ぎたら通常業務に復帰すべきだろう。

それが当然の判断だ。

しかし……。

『それでいいのか？』という漠然とした不安が俺にまとわりつくのだった。

「……ガシタ」

「はい」

「強盗は同じ家を二度襲うと思うか？」

「はい？」

ガシタにとっては何のことやわからない問いかけだろう。

だが彼の返答を待つまでもなかった。

正解そのものが、遠くの空にポッカリと浮かんでいるのだから。

「ん？　なんだ？」

「鳥か？」

最初は、青空に浮かぶ小さな黒点を誰もが訝しむだけだった。

しかし空の黒点は、遠近法的にドンドン大きくなっていき、その形も明確に見る者に誇示する。

「あれはまさか……」

「竜、竜だああーーーーッ!?」

「鉱山を襲った竜がまたやってきたあああーーーーッ!!」

やっぱりまた来た。

ミスリル鉱山を焼け野原に変えた張本人。

炎魔獣サラマンドラ。

『ヤツが再び襲ってくるのでは？』という不安は、漠然としながらもあった。

魔獣とやらがミスリル鉱山を標的にした理由も判明していないし、それにまつわるグランバーザ様の態度も不安を掻き立てた。

「ガシタ」

「へい！」

「非戦闘員をもう一度坑道内へ避難させろ。冒険者も護衛を務めつつ後退。絶対あのバケモノに正面から挑むな」

炎魔獣に挑んだ者がどうなるか、既に実証されている。

黒焦げの死体になるだけだ。

あれはきっと自然災害などと同様に、人類がまともにぶつかってはいけない相手なのだろう。

「でもアニキ！　防がないんじゃ、また蹂躙されちまいますぜ⁉」

「問題ない。精鋭を選りすぐってぶつけるだけだ」

俺はヘルメス刀を引き抜いて言う。

「まさか……、アニキみずから……⁉」

「それからレーディとアランツィルさんを呼んでくれ。新旧勇者が揃い踏みなら、バケモノぐらい倒せるだろう」

炎魔獣サラマンドラは、いまだ遠い。

完全にこちらを目標にしているとしても到着までに時間が掛かるだろう。

それまでに再避難を完了させるのは充分容易だった。

◆

ギルド職員やノッカーたちは残らず坑道内に収容し、迎撃態勢は完了だ。

俺の左右にはレーディ、アランツィルさん新旧勇者が揃って頼もしいことこの上ない。

場所は瓦礫を片付けたばかりの更地なので、被害を心配する必要もなかった。

ただ……。

「お前らも避難しろよ……！」

俺は背後に陣取る冒険者たちに呼びかけた。

セッシャさんやサトメはともかく、ガシタ以下ラクス村の若手冒険者たちまで踏みとどまるのは危険極まりないんだけども？

「何言ってんすか！　アニキがタマ張ろうってのに、オレたちが安全圏でヌクヌクしてたら舎弟は務まりませんよ！」

誰が舎弟だ？

しかしガシタと志を同じくする無鉄砲野郎は意外に多く、皆で威勢のいい雄叫(おたけ)びを上げている。

「仕方ないなあ……、竜には不用意に近づくなよ？」

「いいではないか。勇ある者には自然と人が集うものだ。……私も若い頃はそうだった」

アランツィルさんがなんか一人で納得しておられた。

まあいい。

とにかくあの竜。適当な間合いまで近づいてきたら、また俺が叩き落とすので地表で袋叩きプランね。

作戦を共有し、さあいつでも来いと待ちかまえるのだが……。

「……？」

炎魔獣の野郎、ある距離からピタリと止まって動かない。

こちらへ一向に近づいてこない。

「どうしたんだ？」

あの間合いでは口から吐く火炎ブレスもこっちに届かないだろうに。

前の戦いで恐怖でも覚えたか？

獣らしくない煮え切らなさだ。来るならとっとと来ればいいのに。来ないなら帰れ。

「……久しぶりだなダリエル」

「⁉」

炎魔獣の上に、何か人らしきものが乗っていた。

一人。

その人影は、炎魔獣の頭を踏んで前に出ると、さらに鼻先をも踏んで、さらに前へと踏み出す。

「うわッ⁉」

鼻先より先には何もないので、空中へ足を踏み出した誰ぞやはそのまま落ちてしまうと皆が思った。

しかしそうはならなかった。

空中に現れた炎がしっかりと足をキャッチし、そのまま階段のようになって踏む者を地上まで導いていく。

「炎……、まさか……⁉」

炎魔獣サラマンドラの上に乗っていた誰かは、そうして無事地上まで降りてきた。

俺たちの目の前に。

「お前は……⁉」

「どうしたダリエル？　お前の主が来てやったのだぞ？　膝を屈して平伏し、額を地に擦りつけて服従の意を示すべきではないのか？」

最初、俺はこの人が誰なのか本当にわからなかった。

喋り出して、その声と傲岸な口振りでやっと思い当たった。

「バシュバーザ様……、ですか……⁉」

口に出してなお、俄かに信じがたかった。

目の前に立つ幽鬼の形相と面識があったなど。

「どうしたんですか……⁉　その顔は……⁉」

あまりにも様変わりが酷過ぎる。

俺がバシュバーザ様を最後に見たのは、魔王軍を解雇された時だが、一年ぶりの再会にしても変わり過ぎていた。

頬はこけ、眼窩は落ちくぼみ、剝き出しの眼球はギラギラと怪しい光を放っていた。

以前のバシュバーザ様は、魔族の中でもそれなりにハンサムで貴公子などと呼ばれていたのに。

墓から掘り起こした死体のような形相に、過去の面影はまったくない。

「何があったんです……⁉　何があれば、こんなやつれた有様に……⁉」

「ククク……！　ダリエル、ククククク……！」

話しかけてもバシュバーザ様は、抑揚のない笑い声を漏らすだけだった。

本当に不気味。

一体この方の目的とは……⁉

ダリエル、不当な非難を受ける

四天王『絢火（けんか）』のバシュバーザ。

魔王軍の頂点たる四天王の一人にして、先代四天王グランバーザ様の御長男。

最高の血統、最高の才能を伴って四天王へと抜擢（ばってき）された。

鳴り物入りというヤツだった。

就任当初、周囲はバシュバーザ様へ惜しみなき期待をかけたものだ。

『あのグランバーザ様の御嫡男なれば、さぞかし剛勇にて聡明（そうめい）であらせられるだろう』と。

先代から一新された現役四天王。

そのリーダー格として脚光を浴び、誰よりも輝かしい存在であったはずの彼。

バシュバーザ様。

その同一人物が今、俺の目の前でもはや見る影もない。

「ダリエル……、ダリエルうううう……!!」

辛（かろ）うじて俺の名を唱える声は、悪霊が『こっちへ来い』と呼んでいるかのようだった。

「……久しいなダリエル。お前の死んだゴキブリのような顔を再び見ることになるとは思いもしなかったぞ？」

「俺が魔王軍を去って以来ですね」

俺はかつて、魔王軍の一兵卒としてこの方に仕えていた。

役職は四天王補佐。

魔王軍の頂点に立つ四人の重鎮を、もっとも近いところから支える役割だった。

しかし俺は、その役職を解かれた。

『魔法が使えない役立たずは不要』という判断を受け、任を解かれるどころか魔王軍自体から追放された。俺は路頭に迷った。

「クビだと言ってやった時の……、捨てられた豚のように哀れなお前の表情は今でも覚えているよ。あれほどの愉快は他にないからね。思い出すたびにスカッとする！」

「済んだことです。過去よりも重要なのは、今どうであるかということ」

魔王軍を追放され、さまよい歩いた果てにラクス村にたどり着き、俺は俺の新しい生活を始めた。人間族という出自を知って。

そうして新たに得たものすべてが俺の掛け替えのない宝。

この宝たちと出会えたことを思えば、魔王軍から追放された過去に感謝したくなるほどだった。

そして一方。

俺が俺の新しい居場所を築き上げるのと同じ時間を、目の前のバシュバーザ様も別の場所で過ごしてきたのだろう。

あまり実りある時間とは呼べなかったようだが……。

「魔王軍での立場がお悪くなっているそうですね？」

その指摘に、バシュバーザ様の体がブルブル震え出した。

図星というところか。

バシュバーザ様の身辺穏やかでないことは、俺も噂程度に聞いていた。

勇者の侵攻を止められない状況下、決定的な失態として引き起こされたミスリル鉱山の離反。

それを契機として一気に立場が悪くなり、日に日に評価が落ちているという。

「何を……、偉そうに……!!」

地獄の底から響いてきそうな怨嗟の声をバシュバーザ様は上げた。

「煩い！　煩い煩い煩いぞ!!　いい気味だとでも思っているのか!?　お前をクビにした愚かな上司が、相応の報いを受けているとでも言うつもりか!?」

「どんなものにも因果がある。が、俺をクビにした程度でアナタの立場が悪くなるはずがない。アナタが追い詰められているのは……」

ひとえに……。

「アナタがしくじったからだ」

「うぐッ!?」

「物事をよく観察し、分析して、然るべき対応を考え出し、決断して実行する。それだけのことができれば誰もが四天王の職を務め上げることができる。アナタがそれをできなかったのは、まさに、観察力がなかったからだ。分析力がなかったからだ」

然るべき対応を考え出すだけの知識と知恵がなく、決断力も実行力もなかった。

「アナタにはすべてがなかった。それらを一言で言い表すと、無能ということだ」

「うぎぎぎぎぎぎ……!?」

バシュバーザ様は感情を高ぶらせるように髪を掻き毟った。

厳しい言葉を使っている自覚はあるが、何も自分を追い出した相手に意趣返ししたいというわけではない。

どんなに困った子どもでも、彼は元上司で、かつもっともお世話になった人の息子なのだ。

できることなら立ち直ってほしい。

そのためにもまず、厳しい自分の現実を見詰め直してもらわなければ。

「ダリエルさん……！　もしかしてこの男が……!?」

「ああ、当代四天王の一人、『絢火』のバシュバーザ……、グランバーザ様の息子だ」

事態を把握できていないレーディの問いかけに、俺は一番重要な情報を提供した。

「これがグランバーザの血統を受け継ぐ者か。父親とは似ても似つかん愚物だな」

さらにハッキリ言うのは前世代のアランツィルさん。

あまり挑発的な物言いはやめていただきたいデリケートな子なんで。

「……ダリエルを、ここまで立派に育て上げたグランバーザが、人を育てる才を誇ろうとしない気持ちがわかった。こんな出来損ないの実子を持っては恥ずかしくて自慢などできまい」

「煩い黙れえええッ!!」

ほら暴発した。

俺からの叱責だけで既に許容量ギリギリだったんですよ。

「節穴の目をした貴様にはわかるまい!! ボクは英雄だ! 歴史に名を残す男なのだ! どれほど過去を遡ろうと! また未来を見渡しても、ボク以上に優れた魔族はいないのだあああぁッ!!」

「口だけは豪壮だな」

アランツィルさんが吐き捨てるように言った。

「私も勇者として多くの人材を見てきた。敵も味方も様々に。その中で一番多かったのが、お前のように口だけが気宇壮大な無能者だ」

「何をおおおおッ!?」

「本当に実行できる者はみだりに口を動かさぬ。言葉ではなく行動によって自分の意思を示す。ウチのダリエルのようにな」

「きえええええええッ!!」

もうこれ以上バシュバーザ様の冷静さを消し飛ばさないでください。

上手いこと感情をコントロールして言い聞かせようと思ったのにもう無理。

仕方ないので話題を変える。

「あのバケモノは、やっぱりアナタの仕業だったんですか?」

後方に控える炎魔獣を視線で指し示す。

炎をまとう竜は、まるで主からの命令を待つかのように上空でジッと待機していた。

驚くほどのことでもないし、推測しやすくもあった。

あの怪物を裏で操っているのがバシュバーザ様かもしれないと、既にグランバーザ様が言い当てていたのだから。

「グランバーザ様が言うには、魔獣を支配し意のままに操る禁呪があるという。それを使ったんですね？」

「そうだ！　ボクは天才だからな！　禁呪であろうと簡単に使いこなすことができる！　有能なボクに凡人の尺度など通じない！　だから禁呪など関係ないのだ‼」

典型的な失敗するヤツの思考法だった。

何故そんな無根拠に自分が特別だと考えるのか？

「俺にはそう思えない。そのやつれ様、間違いなく禁呪を使った影響でしょう」

特上の負担を強いる極大魔法は、そうやって術者の身を削る。

ついに耐えられなくなり制御を失った時、最悪の被害を撒き散らす。

それが禁呪だ。

「今からでも禁呪を解除してください。このままでは間違いなくアナタは魔獣に取り殺される……！」

「黙れ！　無能副官が、まだボクに助言する気か役立たずの助言を⁉　ボクを甘く見るな！　ボクは魔獣を使いこなす‼」

それが可能とは欠片も思えないんで忠告してるんですが。

「ボクはな……！　炎魔獣サラマンドラを使ってすべてを取り戻すのだ！　ボクが手にするはずだった栄光！　ボクが受けるはずだった賞賛！　ボクが授けられるはずだった名誉！　すべて取り戻

す!!」

バシュバーザ様は、かつて袂を分かった頃よりもなお正常な判断力を失っていた。

それも魔獣を支配しようとする行為への反動だろう。

「勇者を殺し！　人間族を滅ぼし！　人と魔の争いに終止符を打つのだ！　そうすればボクは永遠に語り継がれる英雄となる！　……そして！」

バシュバーザ様の屍鬼のごとき目が、こちらへ向けられた。

……俺？

「ボクの英雄的偉業を開始する前にやっておかねばならないことがある……！」

「何です？」

「ダリエル、お前を殺す！」

……。

……何で？

「ボクが……、こんな風に落ちぶれたのは誰のせいか……、わかっているのか？　ええ？」

「？」

「お前だダリエル!!」

食い残しの鳥の骨のような細指が、俺を指し示す。

「全部お前のせいだ！　ミスリル鉱山が裏切ったのも！　魔王から叱られたのも！　勇者が大人しく死なないのも！　他の四天王どもがまったく役立たずなのも！　父上がボクを認めないのも全部

お前のせいだ！　お前が悪いのだ‼」

まくしたてられる。

「だからぁ……！　ボクはこれからの汚名返上の手始めとして、お前を殺す‼　そして勇者を殺し、人間族を滅ぼして、空前絶後の英雄となるのだぁ‼」

バシュバーザ、袋叩きにされる

その時だった。

俺たちのいるこの場に、一陣の突風が吹き込んできた。

力強く踏ん張っていないと吹き飛ばされそうな強風。

その風に乗って飛び込んできた二つの人影。

「グランバーザ様、ゼビアンテス……‼」

バシュバーザ様を問い詰めるため魔王城に戻ったはずの二人が今再び舞い戻ってきた。

「チッ、もう追いついてきたか……⁉」

「四属性最速の風魔法を舐めるのではないのだわ‼」

自分とグランバーザ様を乗せてここまで風を吹かせたのはゼビアンテス。

四天王にて『華風』の称号を得ている根拠を見せつける。

またそれとは別に……。

「やはりここだったか……！」

グランバーザ様は緊迫した表情で御子息に向かい合う。

「グランバーザ様……！」

「見ての通りだダリエル。この一連の災厄を引き起こしたのはアイツだ。我が不肖の息子。私の恥だ……！」

心の底から悔いるように搾り出されるグランバーザ様の声。

これだけ偉大な御方を、ここまで沈痛に落とし込むとは。

「バシュバーザ様、親不孝が過ぎますぞ」

俺は厳しく放蕩(ほうとう)息子に向き合う。

しかし相手は聞く耳持たなかった。

「煩(うるさ)い！　どうせ父上も殺すべき罪人だ！　ダリエル、お前を殺したあとで、ここにいる全員を殺してやるうううッ!!」

「……ッ！」

ここまで堕(お)ちていたとは。

俺は舌打ちを堪えることができなかった。

「さっきから殺す殺すと言っているが……！」

もはや戦いは避けられないのだろう。

その前に問いただしたいことがあった。

「何故(なぜ)そんなにも俺を殺したいのです？　アナタから殺したくなるほどの恨みを買った覚えはないはずですが？」

むしろ恨むのなら俺の方ではないか？　とすら思う。

元々魔王軍に勤めていたのを、ある日突然クビにされたのだから。

俺は実行しないし実行する気も起きないけれど、復讐(ふくしゅう)の動機となるには充分ではないか。

なのに何故、解雇した方が解雇された方に復讐しようというのか？

「当たり前だ！　お前が全部悪いのだ……！　ミスリル鉱山が歯向かったのもお前のせいだ……！」

「それは……！」

アナタが鉱山で働くノッカーたちに無茶苦茶なノルマを押し付けたからでしょう。

どんな者でも極限まで追い詰められれば歯向かう、それを知らないアナタの迂闊さが元凶だ。

「このミスリル鉱山にお前がいる……！　それがすべてを物語っている！　サラマンドラの目を通してお前の姿を確認した時、すべてが腑に落ちたのだ！」

「何が？」

「ミスリル鉱山の反乱を起こしたのはお前だ！　お前が裏で糸を引いていたのだろう!!　お前が暗躍して、鉱山の者どもを誑かして反乱するよう仕向けたのだ!!」

「んー!?」

……なんて言えばいいだろう。

ノッカーたちによる反乱は、たしかに俺が関わっていないと言ったらウソになる。

怒り心頭で暴動起こした彼らを助けたのも俺だし、そのあと彼らと人間族との渡りをつけたのも俺だ。

しかし根源的な原因はそこまでノッカーたちを追い込んだことにあり、俺はたまたま通りすがって義のある方に加勢した。ただそれだけに過ぎない。

「ダリエル……、どうせ解雇された腹いせに陰謀を巡らせて、ボクに嫌がらせでもしたかったのだろう……！　なんと卑劣、なんと陰湿な行為……！」

でも御本人は聞く耳持ってる様子がない。

「たしかにボクはお前をクビにしたが、それまではお前を雇っていた！　お前の主だった！　忠誠心も恩義もあるはずだ!!　それを忘れてボクに盾突くなど、なんて恩知らずなヤツだ!!」

「だから殺すと？」

「そうだ！　これは報復ではない！　正当な裁きであり刑罰だ！　ボクはお前の元主としてお前の悪事を裁くのだ！　死という最大の罰をもって！」

『勝手な物言いだなあ』としか思えないが、それを言ったところで通じる相手ではない。

ずっと前からそうだった。それこそ俺が四天王補佐として魔王軍に勤めていた時から。

この人は自分の言うことだけが正しいと信じ込んで、俺の助言など耳に入れたりしなかった。

あの日々の徒労感が思い出される。

何を言っても受け入れられない。意味のないことに一生懸命にならなければならなかったあの日々を……。

「戯言もそこまでにするのだわ」

そこに、斬り裂くように割って入る声がした。

この声は。

「バシュバーザ、アンタの言ってることは子どもの我がまま以下なのだわ」

「ゼビアンテス!?　いきなり何を言い出す!?」

風の四天王にして、バシュバーザ様の同僚であるはずのゼビアンテス。

彼女からの口撃は、それこそまさかの予想しがたいものだったろう。

「ダリエルはよくやってくれていたのだわ。言うことはすべて的確で、気配りも行き届いていたとドロイエが言っていたのだわ」

「何を言うゼビアンテス⁉　キミとてダリエルの解雇に賛成したではないか⁉」

「それが間違いだと、今ならわかるのだわ。そして間違いを認めないバシュバーザ、アンタは愚か者なのだわ‼」

俺のことを擁護してくれる声は嬉しいが、それを言うのがよりにもよってゼビアンテスだと『何だかなあ……』って感じになってしまう。

手の平返すタイミングが神懸かってるよね⁉

「私は部外者ですが……」

次に言うのはレーディ。

「……アナタの言っていることが子どもじみていることだけはわかります。自分勝手で道理のない。アナタのような人が宿敵である四天王だなんて、落胆を覚えます」

宿敵勇者からも呆れられ、立つ瀬のないバシュバーザ様。

「そうだそうだ！　何だかよく知らねえが、アニキはお前みたいなクソガキに見下されるような安っぽい御方じゃねえぞ！」

ガシタまで⁉

「村長は偉いんだ！」

「優しい上に頼りがいがあるんだぞ!!」

「お前よりもいっぱい有能なんだ！」

勢いに乗って他の冒険者たちまで声を上げる。

俺とバシュバーザ様の因縁についてよくわかってないだろうに、気分で乗っかってる。

「……もうわかったろうバシュバーザ」

極め付けに声を上げたのは実父たるグランバーザ様。

「他者からの眼に、お前がどれほど見苦しく映っているか。苦言を聞けぬようになれば、上に立つ者としていよいよ終わりだぞ？」

「それ以前に、これだけの数に囲まれてまさか勝つ気ではいるまいな？」

アランツィルさん続いて言う。

「ここに集った誰もがお前に敵意を持っている。お前がどれだけ無謀な殺意を持っていようと実行叶わぬ。大人しく降参するんだな」

俺を始め、レーディと勇者パーティ、ガシタ率いる地元の冒険者たち、伝説を築き上げた両雄グランバーザ様とアランツィルさん。

これだけの戦力を敵に回して、勝てると思うならそれはたしかにバーサーカーだろう。

しかし目の前にいる人の、正気は怪しい。

「くく、くくくく……」

その証拠にバシュバーザ様は不敵に笑い出す。

「お前たちこそわかっているのか？　お前たちが何を敵としているのか？　……なあッ、炎魔獣サラマンドラ!!」

バシュバーザ様の呼びかけに応えて、空に待機していた火竜が雄叫びを上げる。

「まさか忘れていたか!?　ボクが最強最悪の魔獣を従えていることを！　サラマンドラがいる限りボクは最強だ!!」

「バシュバーザ！　やめるのだ！　それ以上魔獣と意識が混ざり合えば……!!」

グランバーザ様の呼びかけも、炎魔獣の吐き出す炎に掻き消されて届かない。

攻撃を解禁され暴れる炎魔獣に、現場は一気に混沌へと突き落とされる。

「アハハハハハハ！　そうだたしかにダリエル、お前を簡単に殺してはつまらない。お前はゴミだ！　最悪の罪人だ！　それに見合った最高の苦しみを味わわせてから殺さねば!!」

バシュバーザ様は右手を突き出す。

それに呼応するように、数いるラクス村冒険者の一人が見えない力によって引き寄せられ、宙を飛ぶ。

「うああああーーーーーッ!?」

彼は、まるで磁石のようにバシュバーザ様の手に吸い付くと、ガッシリ摑まれて怪しい光に包まれる。

「うぎゃあああああああッ!?」

「あれはッ⁉」

元魔王軍の俺には見覚えがあった。

あれは記憶収奪魔法。他者の記憶を奪って情報を得るための魔法だ。

あれをラクス村の冒険者に使うとは。

まさか……。

「ふーん……？」

記憶の収奪は、対象に過度の負担を掛ける。

意識を失った冒険者を投げ捨て、バシュバーザ様はニヤリと笑う。

「なるほどダリエル、お前は今ラクス村というところに住んでいるのか。結婚し、子どもまでいるとは。……おめでとう」

奪った記憶から知ったのか……？

だが、そんなことをした理由は……？

「ではボクが今からラクス村とやらへ行き、お前の妻や子ども含め皆殺しにして村を滅ぼせば、お前もさぞや嘆き悲しむことだろうなあ⁉」

「……⁉」

「ダリエル！　お前の苦しみは我が喜び！　一思いには殺さん！　殺す前に最大限の苦しみと悲しみを与えてやる！　お前にまつわるもの一つとしてこの世に残すものか‼」

長く不毛な問答が終わり、ついに戦いが始まる。

ダリエル、怒る

バシュバーザ様、炎魔獣サラマンドラの頭に飛び乗る。

「まさか……⁉」

「ラクス村に向かう気か⁉　止めろ！　ヤツを飛び立たせるな‼」

そこに集う冒険者たちが総出で集中攻撃するものの、強大なる魔獣の動作を留めることもできない。

「ハッハッハ！　慌てるなゴミども！　ラクス村を灰にしたあとでちゃんと戻ってきて、お前らも一人残らず殺してやる！」

優越感たっぷりのバシュバーザ様を乗せて炎魔獣は再び空を仰ぐ。

向かう先はラクス村。

「さあ行けサラマンドラ。ダリエルにゆかりがある場所、物、人、すべて残さず焼き尽くすのだ！　ダリエルに関わったこと自体が罪だ！　その罪を裁きに行くのだあああ‼」

一度空に飛び立たれてしまえば追撃の手段はない。

だからここが崖っぷちだと全員死力を尽くして攻撃する。

本来魔族側であるグランバーザ様やゼビアンテスですら攻撃魔法を連発して魔獣の飛翔を押しとどめんとするが、それでも巨大魔獣は止まらない。

「ダメだぁッ！　飛び立っちまううぅッ⁉」

ガシタの泣きそうな声。

炎魔獣サラマンドラは地面から離れ、大空へと駆け登っていく。

もはや追えない、誰もがそう思ったが……⁉

「ぐぬごッ⁉」

魔獣の頭上に乗るバシュバーザ様、急な停止につんのめる。

「なんだッ⁉　何故止まるサラマンドラ！　主の命令をちゃんと聞かんかあッ‼」

怒声にもしかし、巨大な魔獣は応えない。

進もうとしても進めないからだ。

竜の巨体の一番後ろ。

尾の先に絡みつく銀色のツタがあった。

そのツタは、正確には鞭だった。

俺のヘルメス刀が変化した鞭。それが火竜の尾に絡みついて引っ張っている。

それがギリギリで火竜と地表を繋げている。

「なんだとおおおッ⁉」

俺は両足を地面に突き刺すぐらいの心積もりで踏ん張る。

火竜の尾に巻き付く鞭形態ヘルメス刀を手放したら、今度こそあの竜はラクス村へ向けて飛び立ってしまう。

マリーカと、息子グランと、そして愛すべき隣人たちの住むラクス村に。

今や、あそこが俺の帰る場所。

それを壊させて……。

「たまるかあああああああッ!!」

四肢に漲る力。

束ねる筋線維の隙間からオーラが噴き出す錯覚。

俺の引っ張る動きに合わせて、火竜の巨体が空を回って地面に叩きつけられる。

「「「「うおおおおーーーーーーーーーッ!?」」」」

揺れる地面、もうもうと噴き上がる土煙と、伴って起きる歓声。

「あんなデカい体をブン回した上に、地面に叩きつけた……!?」

「なんつー馬鹿力なのだわ……!?」

「いや、筋力だけじゃない。全身に大量の無特性オーラをまとわせて強化、凝縮、瞬発を一挙にやってのけた。しかもすべてを高レベルで。現役の勇者でもできない神業だ……!?」

「やっぱアニキ凄ぇ……!?」

周囲は驚きと忘我に包まれるが、棒立ちしている場合じゃない。

今度こそあのバケモノを、二度と空に戻してはいけない。

ここでケリをつけるんだ！

「ぐおおおお……ッ!?　おのれ、おのれええぇッ!?」

炎魔獣サラマンドラに乗っていたバシュバーザ様は、衝撃で叩き落とされたようだ。

「この英雄バシュバーザに土を舐めさせるとは……！　無礼な！　許さんぞおおおッ！　……ぶ

ばッ⁉」

息つく暇も与えない。

バシュバーザ様は腹部に猛タックルを食らい、体ごと吹き飛ばされる。

体当たりしたのは俺だ。

俺はそのままバシュバーザ様を肩に乗せて、一塊となって止まらず走る。

「ダリエル⁉　どこへ行くのだ⁉」

背中に浴びせられるグランバーザ様の声。

「コイツは俺に任せろ！　皆は魔獣の方を頼む‼」

走りながら呼びかける。

「バシュバーザは俺がカタをつける！　一対一でやらせてくれ！」

背中に様々な声が投げかけられたが、止まらず俺は駆け抜ける。

肩にバシュバーザ様を抱えて。

一直線に駆け去っていく……。

◆

「ぬぐばッ⁉」

よく駆けて。魔獣と主それぞれを引き離して、充分な距離だと確信したところでバシュバーザ様を放り落とす。

周囲は木々生い茂る森の中だった。

現場からどれだけ離れたか、正直俺にもわからない。

「ダリエル……、貴様、四天王であるボクにこんな無礼、許されると思っているのか……!!」

「俺はもう魔王軍じゃない。お前がクビにした」

だから上司でもなければ礼儀を尽くす必要もない。

思えば敬語で話さずともよかったんだ。

「お前との関係性は一度解消された。だからこそ、新しい関係性を作りたいなら受けて立つ」

敵同士という関係をな。

「ヒヒ……、ボクとサラマンドラを引き離せば、使役魔法が無効化されるとでも思ったか？　甘いな……！」

バシュバーザ様が……。

いや、もう呼び捨てでもいいだろう。バシュバーザがヨロヨロ立ち上がりながら言う。

「これだから魔法を使えぬバカはマヌケだ。魔獣を使役する魔法に距離は関係ない。最初にミスリル鉱山を襲った時、ボクは魔王城からアイツを操作していたんだからな！」

「ここまでお前を連れてきたのは……」

かまわず告げる。

「一対一の勝負の場にしたかったからだ。俺が憎いんだろう？　だったら魔獣なんて大層な力に頼らず、自分だけで挑んできたらどうだ？」

「なにぃ？　ぶはははははは‼」

こわれたような哄笑。

「バカかお前は⁉　お前なんぞを殺すのにサラマンドラの力がいるか！　あれは人間族を滅ぼし、英雄的偉業を成し遂げるために手に入れたのだ！　お前を殺すのなどそのついでだ‼」

「……………」

「ボクがこの一年、サラマンドラを手に入れるのにどれだけ苦労したか……！　『秘密の部屋』で禁書を漁り、もっとも目的に見合ったこの魔法を発見し、度重なる研究の果てに修得し、肝心の魔獣を探し出すため世界中を駆けずり回って、やっと服従させたのだ！」

「……そうか、頑張ったんだな」

その努力、もっと意味ある使い方をすればよかったのに。

真面目に職を務め、周囲からの信頼を取り戻すために努力すればよかったのに。

「それなのにあの無能ども！　ボクが一年間遊び呆けていたように言いやがって‼　サラマンドラの力でボクは英雄になるのだ！　その前祝いとしてお前を殺す‼」

これでは、もうすべてが手遅れだと思うしかない。

「ヒヒ……、そうだ、そんなにも最初に殺してほしいなら望み通りにしてやる。最下級の暗黒兵士。お前ごときを殺すのにボク一人の力で充分だ！」

「お前の中で、俺はあの時の俺のままなんだな……」

魔法の使えない無力な俺のまま。

「何を言っている……？　そうか、お前結婚したんだったな。それで変わったとでも言うつもりか？」

「何だと……？」

「そうだいいことを思いついた。やはりお前を一思いに殺すのは面白くない。こういうのはどうだ？　まずお前の両手両足を斬り落とす！」

「……」

「血の流し過ぎで死なないよう傷口は焼いて塞ぐ。それで動けなくしたお前を引きずり村へ行く、そしてお前の妻を見つけ、お前の目の前で犯してやるのだ‼」

……。

「面白いだろうなあ‼　目の前で他の男に種付けされる愛妻をなすすべなく見守るがいい！　そのあと、お前の息子とやらを連れてきて殺すのだ！　これもお前の目の前でだ‼」

……。

まだ、もう少し。

もう少しコイツの喋（しゃべ）りたいように喋らせてやろう。

「グシャグシャに踏んで殺してやろう！　子どもの肉は柔らかいというからなあ！　お前の息子の肉をこねて団子を作り、お前に食わせてやる！　美味（うま）いと言うまで口の中に捻じ込んでやるぞ‼　楽しいだろうなあ！　想像するだけで心躍るようだあ‼　ギャハハハハハッ‼　……うべしッ⁉」

バシュバーザが吹っ飛ばされた。

食らった衝撃に耐えきれず地面をゴロゴロと転がり、近くの木にぶつかって止まる。

「痛いッ⁉　いたいいいいいッ⁉　ぶたれた⁉　ぶたれたあああッ⁉」

バシュバーザは真っ赤に腫れ上がる左頬を押さえ、のたうち回る。

平手ではたかれただけだというのに無様なものだ。

「お前には、学ぶべきことが多くある」

本当にたくさん。

それを学ばずして四天王……、責任ある立場に就いてしまったことがお前の不幸だ。

「まず一つ、口に出しただけで殺される言葉があることを、お前は学ぶべきだ。お前が今ベラベラ吐き出していたものがそれだ」

パァン。

乾いたよく響く音が鳴った。

バシュバーザの頬は本当に叩きやすい。

「ギャアアッ！　痛い！　痛いいいいいッ⁉」

「これから行われるのは勝負じゃない。殺し合いでもない。学ぶべきことを学ばなかったガキが、今さらながら知っていて当然のことを叩きこまれる……」

躾（しつけ）だ。

このデッカいクソガキを今から俺が躾けてやる。

ダリエル、優しさを説く

「躾ける？　躾けるだとおお〜〜⁉」

両頰を腫らしたバシュバーザがヨロヨロ立ち上がる。憎しみだけを糧にして。

「なんたる無礼な……！　身の程を弁えぬ発言！　この四天王バシュバーザを犬猫扱いするかああああッ！」

「躾は動物だけじゃない。幼い子どもにもするだろう」

そこから説明しなければいけないバシュバーザの幼さ。

「お前はまだまだ聞き分けのない子どもだ。だから躾けて立派な大人にしてやろうと言ってるんだ」

「どこまでもボクを愚弄しおってえええぇッ！　いいだろう、ならばボクの方こそお前を躾けてやる！」

バシュバーザの唇がかすかに震える。

呪文の高速詠唱であることがわかった。

同時にヤツの両手から激しい炎が巻き起こる。

「格の違いをしっかり叩きこんでやるぞ！　ボクは輝かしい英雄！　お前は薄汚い家畜！　その差を思い知るがいい‼」

「撃ってこいよ」

威勢がいいだけの脅し文句は聞き飽きた。

「そのために炎を出したんだろう？　まずは付き合ってやるから好きなだけ撃ってこい」

「ゲヘヘヘヘ……！　思い上がりもここまで来れば滑稽だなあ？　いいだろう、御希望通りその体、我が最強の炎熱魔法によって焼き尽くしてやる！」

炎を宿した手を、狙い定めるように俺へと向ける。

「死ねえッ‼」

撃ち出される炎。

これが俺の体に命中すれば、我が身は炎によって焼かれ、無惨に爛れることであろう。

が。

必殺の魔法炎弾は、俺に届くことなくその寸前で掻き消えた。

「ヘッ⁉」

一番驚いているのはバシュバーザだった。

必殺を確信した攻撃が、中途で不発となってしまったのだから。

「どうしたんだ？　焼き尽くすんじゃないのか？」

「くそッ、何の手違いか知らんが、失敗したならさらに撃てばいいだけだ！　食らえ‼」

再び手から放たれる炎弾。

しかし次弾も同様、俺に届く前に掻き消える。

「なんだ……⁉　どういうことだ⁉」

バシュバーザは気づいていない。

さっきから俺の周囲には、凄まじい勢いでガード（守）特性のオーラが噴出されていることに。

本来オーラは武器に宿すことで物質を強化し、万全の効力を発揮する。

空中にオーラのみを噴出して防護壁にするのは決して効率的な運用法とは言えない。

というかそもそも実戦として使えない。

だが実力差の開いた相手なら、それでも充分に圧倒できる。

「うが！　うが!!　うぎゃあああああああッ!!」

癇癪を起こしたように炎弾を連発するが、結局オーラの噴出壁に阻まれ一発たりとも届きはしない。

完全な徒労だった。

「四天王の実力とはこの程度か。拍子抜け過ぎて呆れる」

俺はあえて挑発的な物言いを選んだ。

「お前が四天王に相応しくないのは性格だけではなかったようだな。実力も相応しくない。四天王に選ばれるには弱過ぎる」

「なんだとおおおおッ!?」

バッチリ挑発に乗って、ヤツは手どころか全身から炎を噴き出す。

「そこまで言うなら！　ボクの四天王としての真の力を見るがいい！　この必殺呪文を知っているだろうダリエル！『阿鼻叫喚焦熱無間炎獄』だ!!」

その呪文は……。

先代四天王にしてヤツの実父、グランバーザ様の必殺魔法ではないか。

「この魔法は、もはやヤツだけの専売特許ではない！　英雄にして天才のボクにかかれば簡単にコピーできるのだ!!　魔法も使えぬお前がこの極大魔法を浴びれば、それこそ灰も残らぬのは間違いない!!」

「御託はいい、さっさと来い」

「後悔して死ねえええ!!」

バシュバーザの両手から、それまでとは比べ物にならない大炎が放たれる。

その勢いはまさに炎の激流だった。

激流は、路傍の小石のごとき俺を簡単に焼き尽くすと思われたが……。

すべて、ガード（守）オーラの噴出壁に阻まれて掻き消された。

「ヘッ？」

これにはさすがにバシュバーザも恐れおののく。

「何が完全コピーだ。お前の『阿鼻叫喚焦熱無間炎獄』はガワだけ整えた中身スカスカのまがい物だ」

本家グランバーザ様の放つ同魔法は、極大の攻撃範囲に超高熱の炎を詰め込み、魂を縛り殺す呪いまで付加された極悪の必殺魔法だった。

バシュバーザが同じ名前で放った魔法は、そのほとんどを再現できていない。

当人と同じだ。

名前だけが豪華なだけだ。

「そんな……⁉　何故死なない……⁉　ボクの必殺魔法を受けて……⁉」

どうやらこれで打ち止めらしい。

切り札の一枚通じなかっただけで心が折れるとは、根性なしが。

「ならもう、こちらから行かせてもらうぞ」

「ひぃッ⁉　待て！　来るな⁉」

バシュバーザは恐れおののき後退するが、俺もコイツを気遣う義理などもうない。

直前まで接近すると、再び頬をパンとはたく。

「あぴぃッ⁉」

本当に隙だらけで叩きやすい男だ。

「……『ごめんなさい』と言え」

「は？」

またバチンと叩く。

躾はもう始まっている。

「謝罪は、練習しなければ意外とできないものだ。子どもの頃から一度も謝ったことがないヤツは、大人になっても謝れない」

さらに叩く。平手で。

「お前もそうだ。謝ることができない大人は、ロクな大人じゃない。お前には頭の下げ方から教えなければならない」

バチン、バチン、バチン、バチン。

あとは無言で叩いてわからせるのみ。

痩せこけていたバシュバーザの頬が逆に真っ赤に腫れ上がった。

「ごべぇ……!?　ごめんなさい……!?　ぼべんばざい……!?」

やっと謝罪一つできるようになったか。

大人への第一歩だな。

「どうだ?　叩かれて痛いか?」

「あべ……!?」

「痛みを知るから人は優しくなれる。……そんな言葉がある。自分が痛い思いを経験するから、他人にも痛みがあると想像でき、気遣うことができるということだ」

でも俺は、この考え方が嫌いだった。

人の心の中心には、誰に教えられるでもなく善なるものが収まっていて、優しさとか気遣いとかはそこから自然と染み出していく。

そういうものだと思いたかったからだ。

誰かから教えてもらわなければ人は人に優しくすることもできない。

そんな風に考えるのは受け入れたくなかった。

「しかしそれでも、お前のようなガキはまず痛みを知らなければならないらしい。まず痛みを知らなければ優しくなることもできない。ならば徹底的に痛みを教え込んでやる」

その痛みを元に、他者の痛みを想像できるように。

「嫌だ……！　痛いのは嫌だ……‼　助けて、助けて……‼」

もはや完全に心の折れたバシュバーザは、立つ力も失って這って逃げようとする。

その足首を、むんずと摑む。

そして力任せに引っ張り上げる。

「ひあぎゃあッ⁉」

バシュバーザの体は簡単に宙を舞う。

俺が足首を摑んでいるため、逆さ吊りの体勢でぶら下がっていた。

「安心しろ、手加減はしてやる」

「え？　待って、待って……！　まさか……‼」

バシュバーザの足首を摑む俺の手からオーラが発せられる。

そのオーラでバシュバーザ自体を強化する。まるでコイツの体を武器として扱うように。

そして一番手近にあった大木の幹に、手に持つ武器（？）を振り下ろし……。

「やめてえええええッ⁉」

ガズンッ、という凄まじい音と共に大木がへし折れた。

衝突と衝突の結果。

バシュバーザの体は、オーラ強化によって原形を留めているものの、それでも相当な衝撃であっただろう。

全身が軋んだろうし、骨か内臓にダメージが行ったかもしれない。

痛みも相当なものだっただろう。

「おごおおッ！　ボクの体を、こんな棒代わりにしやがってえええ……!!」

バシュバーザが鼻血をダラダラ流しながら言った。

やはり激突のダメージはオーラ強化で完封できなかったらしい。

「さあ、次だ」

幸いここは森。

お前を叩きつけるための大木には事欠かない。

「や、やだッ！　やめろ!!　……わかった、痛いのはもうわかった!!　嫌だ嫌だ、痛いのは嫌だあああああッ!?」

泣いても喚いても勘弁してもらえないことがある、ということも知るべきだ。

また森全体を揺るがす大音量が鳴った。

驚いて枝から飛び立っていく鳥多数。

「ごめんなさいいいいいいッ!!　ごめんなさいやめてえええええええッ!!」

謝っても済まされない状況があることも知るべきだ。

ズシン、ズシン。

森全体を揺らす振動は、途切れることなく続いていく……。

勇者レーディ、魔獣と戦う（勇者ｓｉｄｅ）

そして一方、ダリエルが残してきた現場では……。

いよいよ激闘が本格化しつつあった。

「ぎゃあああああッ⁉　燃える燃える燃える⁉」

「シールド役前へ！　火炎を防いでくれ‼」

「ダメだ！　並のガード（守）特性じゃ盾ごと焼き尽くされる⁉」

「サトメさん助けてえええええッ‼」

戦場はそれこそ火炎地獄。

地上にいる炎魔獣サラマンドラの大暴れによって、その周囲は阿鼻叫喚（あびきょうかん）の様相を呈している。

「『裂空（れっくう）』‼」

飛ぶオーラ斬撃が、炎魔獣の頭部に命中する。

別段ダメージを負った様子はないが、痛みはあるのだろう斬撃の飛んできた方向へ魔獣の目がギョロリと向く。

そこにいるのは凛然（りんぜん）たる美女。

銀剣かまえて堂々と勇姿を示す。

当代の勇者レーディであった。

「皆さん！　バラバラに行動してはダメです！　左右の味方と意思疎通して連携を取ってくださ

い！」

混乱する冒険者たちに指示を飛ばす。

「まず炎魔獣の攻撃範囲から退避！　ヤツの火炎ブレスは射程が広いから充分注意を！　遠距離攻撃が可能な人は間合いの外から攻撃を絶やさないで！　盾使いは最前列で常に警戒！」

場の空気を掴み、一気にリーダーシップを発揮するのは勇者の面目躍如であった。

「ガシタさん！　私と一緒に指揮を執ってください！　ラクス村冒険者のリーダー格であるアナタの協力が不可欠です！」

「よしきた！」

「サトメ！　アナタは他の盾使いをまとめて火炎ブレスへの警戒を！　アナタたちの活躍で死傷者の数が決まるわよ！」

「はいなのです!!」

的確な指示を矢継ぎ早に出すレーディ。

ただし、その的確さが戦いの勝利を約束するかどうかは、まだわからない。

「勇者殿!!」

岩陰に隠れるレーディの下に、パーティメンバーで槍使いのセッシャが飛び込んできた。

火炎ブレスを凌げる大岩越しに隙を窺い、チャンスがあれば攻め込もうというのだが……。

「あの魔獣とやら、想像以上に手強くござる！　やたら炎を吐いて迂闊に近づけぬし、上手く間合いに入れても硬い鱗が攻撃を弾く！　事実矢や投石程度の遠距離攻撃ではかすり傷もつけられぬで

ござる！」

それどころか、ついさっきレーディの放ったオーラ斬撃を飛ばす技『裂空』も、炎魔獣にさしたるダメージを与えられなかった。

硬質にして巨体。

規格外の生命構造がいかなる害意も弾き返す。

こんな強敵を前にしたら、一体どうすればいいかと頭を抱えるしかない。

「それでも、ここで炎魔獣を倒すしかないんです!!」

レーディは決然と言った。

「あの炎魔獣は自然の状態じゃない。バシュバーザという四天王に操られて命令通りに暴れるんです。ここで逃がしたら本当にラクス村を襲ってしまう……!!」

「たしかに、それだけは何としても阻止せねば……!!」

「炎魔獣が地上にいる間が勝負です。何度も言うけど、空を飛べるアイツが上空に上がってしまったらもう追えない。飛び立つ前に絶対倒す!!」

「そのことなのでござるが……」

セッシャが腑に落ちない顔つきになった。

「ヤツは何故、ずっと地面にしがみついているのでござろう？　飛び立とうと思えばいつでもできるでござろうに……!?」

セッシャの疑問ももっともで、炎魔獣はいまだ地面に体を着けたまま、周囲を囲む冒険者たちへ煩わしそうに火炎を吐く。

特に押さえるものもなく、飛ぼうと思えば飛び立てるはずなのに何故まだ地上に居座っているのか。

「セッシャさん、魔獣の尻尾を見てください」

「尻尾？　……はッ⁉」

セッシャは発見した。

火竜の太い尾の先に、銀色のツタのようなものがまだ絡まっている。

「あれはダリエル殿のヘルメス刀⁉」

一度飛び立とうとした炎魔獣を、ダリエルが鞭(むち)で絡め取って引っ張り落としたことがあった。

「あのままだったのでござるか⁉　しかも……‼」

鞭状ヘルメス刀のもう一端は、地面に深く深く突き刺してあった。

炎魔獣が力いっぱい引っ張っても容易に抜けないほど。

「あれが炎魔獣を地上に繋ぎ止めているのでござるか⁉」

「使い手のダリエルさん自身は、既にこの場にはいないのに……！　あんな置き土産を残していたなんて……！」

改めてダリエルの辣腕に圧倒されるレーディであった。

「持ち主の手から離れても、ヘルメス刀は相当量のオーラを込められて炎魔獣を捕らえ続ける。でもそう長くは続かない。大至急ケリをつけないと……‼」

焦るレーディ。

肝心の炎魔獣の攻略法がまったく浮かばないからであった。

敵は、これまで彼女が戦ってきた中で間違いなく最悪。

常識を超える巨大さと、様々な面で戦闘特化した肉体。灼熱の炎を吐き散らし、何より自分以外のすべてを殺そうとする凶暴さ。

まったく手に負えない。

しかしそれはできない。

本来なら一目散に逃げ出して、金輪際二度と近づかないのがベストな対応であった。

今、勇者の逃亡は、守るべき人々の直接被害に繋がるのだから。

「ラクス村へ行かせるわけにはいかない……！」

絶対にここで倒さなければならなかった。

「ゼビアンテスううううッ!!」

「大変御苦労様なのだわー」

ひょっこり現れた風の四天王。

その胸ぐらをレーディは乱暴に摑み上げる。

「元はと言えばアナタの同僚があああッ!!　アナタも少しは責任感じなさあああッ!!」

「そんなこと言われても、バシュバーザの暴走にわたくしは責任持てないのだわ。アホのすることに対処は不可能なのだわ」

「何か、何かないの!?」

「何かって何なのだわ？」

魔族側から見た炎魔獣サラマンドラへの対処法であった。

魔族には魔法という、人間族とはまったく違ったシステムが存在する。

それを紐解けば、人間族には思いつかない有効策が出てくるかもしれない。

敵である魔族に望みを委ねるのは勇者として忸怩たる思いであったが、それでも今は勝って人々を守る実利をとった。

プライドを捨てて縋る相手のゼビアンテスは……。

「………………」

一瞬だけ真面目な顔を作って。

「何もないのだわ」

「もっと真面目に考えてええええッ⁉」

「真面目に考えても本当に何も浮かばないのだわ！　そもそもわたくしの使う風魔法は、炎魔法との相性が悪いんだから！」

「え？　相性とかあるの？」

「あるのだわ！　炎はそもそも、空気中に含まれている酸素と反応して燃えるのだわ！　風魔法で新鮮な空気を送り込めば、新しい酸素と反応してより盛んに燃えてしまうのだわ‼」

それらは魔族の魔法研究によって確立された理屈なので人間族のレーディにはよくわからなかった。

「知らなかった……！　冒険者の使う武器と魔法属性との相性は知ってるけど魔法同士もあるんだね……！」

「そういうアナタたちはどうなのだわ？　炎に有効な武器ぐらいあるのだわ？」

「それが……！」

人間族の冒険者にとって、火炎魔法は特に有効な攻略法がない厄介な属性として知られている。

風魔法にはスティング（突）。

水魔法にはスラッシュ（斬）。

土魔法にはヒット（打）。

……がそれぞれ有効とは言われるが、それら三特性はどれも炎魔法に特効性を示さない。

なので炎魔法使いにはまずガード（守）で完全防御し、隙を狙って畳みかけるのが定法とされてきた。

どの魔法属性にも有効な戦法だった。

「でも、あの魔獣自体がどんな攻撃も通じないくらい頑強だし、守ってばっかりじゃ意味ないよ……！　何か、何かアイデアを出さないと……！」

「頑張って考えるのだわ！　これが公になったら魔王様に怒られる程度じゃ済まなそうだから、わたくしも全力で協力するのだわ!!」

「うっさい！　せめて考えている間は静かにして!!」

こうしてレーディたちが手をこまねいている間も、炎魔獣は炎を吐き散らし、尻尾に絡まったへルメス刀を引きちぎろうと暴れる。

混乱に飲まれる冒険者たちは我が身を守るのに精一杯、打つ手なしかと誰もが思うところへ
……！

「情けない限りだ」

ジャリッと土を踏む音。

誰かが魔獣へ向けて一歩踏み出す。

それ以外の全員が踏みとどまろうとしながら二歩、三歩と後退する中で。

「これだけの冒険者が揃っていながら、獣一匹に手も足も出ないなど。これでは次代を託すのに不安ばかりだな」

「そう言ってやるな。相手は伝説級の怪物。そう簡単に片付けられる相手ではない」

レーディは見た。

絶対あるはずのない夢のごとき光景を。

二人の強者が並び立っているのを。

先代勇者アランツィル。

先代四天王の一人グランバーザ。

この二人が並び立っていた。

かつて不倶戴天の仇敵同士として数えきれないほど殺し合ってきた二人が。

今日。

同じ陣営として参戦する。

両雄、共闘す（勇者ｓｉｄｅ）

それは信じがたい光景だった。

歴代最強と謳（うた）われた先代勇者アランツィル。

同じく歴代最強と謳われた先代四天王の一人グランバーザ。

同じ世代に生まれた最強同士は、それぞれの職務に従って敵味方に分かれ、何度も繰り返し戦った。

戦いはいずれも激しく、後世の語り草になる名勝負も数えきれないほどあった。

彼らが歴史に名を残す英傑となれたのは、互いという好敵手を得たことも要因であろう。

永遠の宿敵。

どちらかが死ぬまで戦い続ける。

そんな血生臭い英雄譚（えいゆうたん）に彩られた宿敵二人が、戦場で同じ方向を向いている。

「なんてシーンなの……」

「前時代の主役二人が、よりにもよって共闘する場面に立ち会えるなんて……！」

上のレベルに行く者ほど、この異様さに震える。

「レーディよ」

「ははは、はい!?」

先代に呼びかけられ当代勇者、直立不動となる。

「現役のお前があまりに情けないので、引っ込んでいるつもりだった老体が出張るぞ。恥じろ」

「ももも、申し訳ありません‼」

勇者を継いだとはいえ、まだまだ若いレーディは百戦錬磨のアランツィルに頭が上がらない。

「……しかし、まさかお前と共に戦うことになるとはな。しかも引退してからとは。人生とは本当にわからぬものだ」

「……私は面白がってはいられぬ」

魔族側のグランバーザは沈痛な面持ち。

「そもそもの発端が、愚息の不始末ゆえにな。親の責任を取るため、私は無条件でこの戦いに参加せねばならん。老骨に鞭打（むちう）ってでもな」

かつての仇敵（きゅうてき）と肩を並べて、強大なる魔獣を見上げる。

「このバケモノは、我が息子の失敗そのもの。そして我が息子は私の失敗そのものだ。私は私の罪に決着をつけねばならん」

「そう深刻に気負うな。お前の不出来な息子は、今頃私の上出来な息子が片付けておることだろうよ」

「その息子は、我が最高の部下でもある。手塩にかけて鍛え上げた」

「それでも血の繋（つな）がりがあるのは私の方だ」

「何を？」

「あぁ？」

共闘するというのにやっぱり仇敵同士。

しかもそんなことにかまわず狂暴な魔獣は、目の前にいる小さき獲物に気づいて迫る。

「危ない！　アランツィル様グランバーザ……様⁉　ケンカしている場合ではありません‼」

レーディの呼びかけも無視して睨(にら)み合(あ)う二人へ、容赦なく火炎のブレスが吹きつけられる。

大人二人容易(たやす)く飲み込んで消し炭にしてしまうほどの火勢。

その猛火が、老アランツィルと老グランバーザを飲み込もうとした直前。

「『燃え盛れ』」

グランバーザの突き出す片腕から、同等に激しい火炎が噴き出した。

炎同士が両極方向からぶつかり合い、互いを押し合う。

「炎で……！　炎を押し戻そうとしている……！」

「魔法の属性相性は重要だ。水は火に勝ち、火は風に勝ち、風は地に勝って、地は水を剋(こく)する……！」

グランバーザが語る。

火竜のブレスと純粋な力比べをしているというのに、少しも無理する様子がない。

「では、同属性同士での勝負となればどうなるか？　今のように炎と炎のぶつかり合いとなればな、それは……」

グランバーザ、片手だけでなくもう一方の手を添えて、両手を火竜へ向ける。

「純粋なパワー勝負だ」

噴出される火炎魔法が、火竜のブレスを完全に上回って押し返す。

逆に大炎を頭から浴びる炎魔獣、熱さで苦しいのか悲鳴を上げて後退する。

「炎で炎魔獣にダメージを⁉」

「それだけグランバーザ様の魔法が強力ってことなのだわ！　いや、それ自体常識外れなんだけども‼」

同じ魔法使いのゼビアンテスすら驚愕するグランバーザの力押し。

しかも相手は、冒険者たちを寄せつけもしなかったサラマンドラの火炎ブレスなのに。

逆らえぬ自然の脅威にすら思えたドラゴンが力任せに圧倒される光景は、見る者の常識を打ち砕く。

「人間族の領域で、魔族ばかりに活躍させるわけにもいかんな」

先代勇者アランツィルが、いつの間にか元いた位置から大きく移動して火竜の足元にいた。

「いつの間に⁉」

誰もが、アランツィルの移動経過に勘付くことはできなかった。

「出たな……。アランツィルお得意の『ゴースト歩法』」

宿敵グランバーザだけがニヤリと笑う。

肝心の炎魔獣サラマンドラも、足元にいる小虫のようなものに気づいて、前足を振り下ろす。

それがもっとも手早い対応なのだろう。

しかし前足が地面を叩く寸前、アランツィルの体が陽炎のように揺らいだかと思うと消えた。

「えッ⁉」

虚(むな)しく地面を抉(えぐ)っただけのドラゴンの足。

そのすぐ隣にアランツィルの姿があった。

「何なのだわアレ⁉　幻影魔法なのだわ⁉」

「そんなまさか⁉　でも一体……⁉」

門外漢のゼビアンテスどころか勇者レーディまで困惑する、不可思議なる歩法。

炎魔獣サラマンドラは躍起になって前足を振るうものの、アランツィルの影を踏むことすらできない。

「いいかレーディ。オーラとはただ武具に込めるだけが使い方ではない」

幽霊のように消えたり現れたりしながら、アランツィルは言う。

「このように足にオーラを込め、限界を超えた速度、複雑な軌道で『歩き回れ』ば、敵を攪乱(かくらん)し幻惑に陥れることも可能となる。これが我流『ゴースト歩法』だ」

「性格の悪い技だ……！」

グランバーザが茶化すように言う。

彼自身この独特な歩法に散々苦しめられた手合いなのだろう。

「その気になれば目に留まらぬ速さで走り回れるくせに、あえてほんの少し止まって残像を見せる。それで敵の目を引き、注意を分散させる……！」

それが『ゴースト』を浮かび上がらせる理由。

狙い通りに、本能だけで動く炎魔獣は見事アランツィルの術中にはまり、残像を追いかけ、頭を下げた瞬間……。

「『金剛鈷』」

アランツィルの持つ武器で顎先を殴り上げられた。

先代勇者アランツィルが好んで使う武具。何よりシンプルな棒であった。

ダリエルの実父である彼は、父子似通ったオーラ性質を持っていて斬突打守すべての特質に最適性のある万能性質。

その最強者に相応しい性質をある程度適切に発揮する武器は、シンプルな棒であった。

刃もないし尖ってもいない。

それでもアランツィルがその規格外のスラッシュ（斬）オーラを込めれば、巨岩をも両断できる利器となる。

「いいかレーディ、お前はこの炎という属性にだけ着目しているようだが、だからこそ倒し方が見出せんのだ」

「はッ⁉」

「魔獣であろうと何だろうと、結局は生物。生物には、生命活動を維持するための急所がある。たとえばこのようなトカゲモドキは……！」

顎を思い切り打ち抜かれた火炎竜は、脳震盪でも起こしたのか、フラフラ揺れて倒れ込んだ。

仰向けにひっくり返って、無様に腹を出す。

「全身硬い鱗に覆われた爬虫類は頑健。硬い鱗に守られた部分を愚直に攻めても効果はない。ならば、鱗の柔らかい部位を叩けばいいのだ」

仰向けに倒れ、天下に晒された腹。

トカゲも蛇も、どんな爬虫類でも動きやすさを優先してか腹部は柔らかい。

その弱点目掛けて……。

「『凄皇裂空』ッ‼」

アランツィルは自身の究極奥義を叩きこんだ。

オーラの塊を刃として飛ばす技『裂空』。その『裂空』を進化させ、より巨大より強力としたのが『凄皇裂空』。

勇者アランツィルのオリジナル技だった。

通常の『裂空』を遥かに超える大きさのオーラ斬撃を腹部に受け、火炎竜は痛み苦しみに悶え叫ぶ。

「おおおおーーーーーーッ⁉」

同時に上がる歓声。

初めて見る有効打に、冒険者たちの気勢も上がる。

竜は吐血の代わりに炎を吐き出す。

渾身の一撃を急所に入れられ、このまま死んでもよかろうに魔獣はさすがにしぶとい。

ヨロヨロと立ち上がろうとする。

「それでいい、ちょうどこっちの準備も済んだ」

控えていたグランバーザの面前に、複雑怪奇な魔法陣が浮かび上がった。

「伝説の魔獣がただの一撃で沈んでは寂しいものだ。私からの馳走（ちそう）も食らうがいい。アランツィル下がるのだな、相伴を望むなら別だが」

「ふんッ！」

魔獣の傍らにいたアランツィルは、息を合わせるかのように飛びすさった。

速やかに、どこか必死に。

「いいぞグランバーザ、食らわせてやれ！」

「引退後に使うのは初めてだな、我が必殺の極大魔法『阿鼻叫喚（あびきょうかん）焦熱無間炎獄』!!」

黒くおぞましい炎の渦が、炎の魔獣に襲い掛かった。

勇者レーディ、華を持たされる（勇者ｓｉｄｅ）

炎魔獣サラマンドラを包み込む黒い炎。

それは先代四天王グランバーザの放つ極大魔法によるもの。

本来炎を支配する炎の魔獣が、炎に焼かれ悶え苦しむ。

「凄い……！　何なのあの黒い炎……⁉」

「見ているだけで怖くてちびりそうなのだわ……⁉」

戦いを見守るレーディ、ゼビアンテスですら恐怖を感じる熱さ。

「あれが最強四天王の操る地獄の炎だ」

安全圏まで後退してきた先代勇者アランツィルが言う。

心なしか息が乱れていた。それほど急いで逃げてきたのか。

「ヤツの究極魔法は、火勢自体が他を圧倒して凄まじいが、それだけに留まらず地獄の呪いが付加されている。罪なき者すら罪人として裁く無差別断罪の呪いだ。もうわけわからん」

「その呪いのために……、あんなに真っ黒く……⁉」

「そうだ。あの黒炎を食らったらもう性質に関係なく、肉だろうと木だろうと鉄だろうと関係なく灰になるまで焼き尽くされる。呪いによって精神すらも……！」

だからこそ炎の魔獣であるサラマンドラにも充分に効く。

『業火』の称号を持つグランバーザ究極の炎は、同じ炎すら焼き尽くすのだ。

「あの炎をまともに浴びて生き延びられたのは、お前だけだったのだがなアランツィル」

必殺攻撃を完了したグランバーザも、一旦レーディたちのいる場所まで下がる。

「もう二度と食らいたくないがな。呪いの炎の後遺症が抜けるまで数ヵ月。地獄の苦しみであったわ」

「だからあんなに必死になって退避したわけか」

「煩い」

しかしもっとも驚くべきは、二大最強者の究極奥義を叩きこまれながら、その対象がまだ死んでいないということだった。

炎魔獣サラマンドラは、黒い炎に包まれながらもまだ立ち上がろうとする。

ついには咆哮と共に黒炎を消し飛ばした。

「なんたることだ……!?　これが伝説の魔獣の力……！」

「私たちの奥義で絶命至らぬとは……！　老いて衰えたせいだと思いたいが……！」

それでも炎魔獣、ところどころに火傷を負い、腹部にも痛々しい裂傷を刻まれ動きは鈍い。

「ダメージは充分に負っています。力は弱まり、動きも鈍くなった。あともう少しで息の根を止められるかもしれません!!」

レーディの号令に、周囲も感化されて士気が増す。

今こそ一気呵成に攻め立てる時。

「アランツィル様！　グランバーザ様！　先陣をお願いします！　お二人の力で魔獣にとどめを!!」

「「いや無理」」

「あれぇぇーーーーッ!?」

鬼神の強さを見せつけた先人二人。

しかしその勢いはもはやなく、力なく地面にへたり込んでいた。

「やはり老いたな……！　究極奥義を一発放っただけで息が上がってしまうとは……！」

「私も飛ばし過ぎて体力が尽きた。というわけで我らはここまでだ。あとは頼む」

その報告にレーディは恐慌した。

まさか一番頼りになる戦力が、ここでいきなり脱落とは。

「勘違いするなレーディ。この戦いの主役は我々ではないぞ」

「えッ？」

「忘れるな、我らはもう引退したのだ。元勇者で元四天王だ。今の勇者は他でもないレーディ、お前なのだ」

当の先代勇者に言われ、言葉の重みがズッシリ肩にのしかかる。

レーディの両肩に。

甘えを叱り飛ばされたような気分になった。

可憐な美女の表情に、厳しい決意が浮かぶ。

「申し訳ありません。私は、自分の務めを忘れかけていたようです」

「思い出したならいいさ。進め。こんな遺物どもにかまわずな」

抜刀し、剣の切っ先を天に向け叫ぶ。

「総攻撃！　先人たちが充分弱らせてくれた魔獣にとどめを刺します‼」

今の時代の代表として……。

「今！　この世界を守っているのは私たちです！　危機を打ち砕くのは私たちの義務です！　務めをしっかり受け継いだことを、偉大なる方々にお見せするのです‼」

「「「「おおおおぉーーーーーーーーーッ‼」」」」

勇者の勇気は伝播する。

心の奥底に湧き起こる力を感じた冒険者たちは、逃げるよりも速い脚力で魔獣目掛けて殺到する。

ダメージで機敏に動けなくなった魔獣は、対処できずに冒険者を次々懐へ入れてしまい、全力攻撃を連続で叩きこまれる。

「羨ましいな……！」

その様を見て、グランバーザは言った。

「ダリエルだけではない。人間族の次世代の、なんと頼もしきことか。実子の育成にすら失敗した私には一際眩しく見える。……なあ、ゼビアンテス？」

「はいなのだわッ⁉」

同じ魔族側として名を呼ばれるゼビアンテス緊張。

「本当に不安だ。我ら魔族の未来は、人間族のように輝いているのだろうか？」

「そんなの輝いているに決まってるのだわ！　ピッカピカなのだわ‼」

「ではお前も行け。魔族の次世代の強さを示せ」

「えー、でも……？　さっき言ったように風魔法だと相性の不利が……⁉」

「相性の不利有利を技術で覆すのが真の魔導士だろう。……仕方ない、この老いぼれが知恵を授けてやろう」

「はいだわ？」

その間もレーディは仲間たちと共に攻め立てる。

休むことなき徹底的な攻勢だが、それでもまだ炎魔獣サラマンドラは倒れない。

冒険者たちはそれぞれ渾身（こんしん）の必殺攻撃を代わる代わる浴びせているというのに、しっかりとした手応えもあるというのに、それでも火竜は倒れない。

「なんて生命力なの……⁉」

レーディも『裂空（れっくう）』を絶えず装甲薄い腹部へ放っているのだが、何発命中しても表皮が弾（はじ）け飛（と）ぶばかりで致命傷になる様子はない。

先人二人の必殺攻撃で動きは鈍くなって、全面攻勢に出られるようになったが、最後の一押しにまでなかなか至らない。

「早く……！　早く死んでくれええ……！　こっちの体力がもたねえ……！」

「魔獣が体勢を整え出したぞ！　全員退避ーーーッ⁉」

周囲の冒険者たちの悲鳴のような文句もところどころから聞こえる。

せっかく駆け抜けようとしたのに、あまりの道のりの遠さに脚力が鈍る。

「ダメだ……！　このままじゃ押し返されちゃう……⁉」

レーディですら勢いを失いそうになった、その時……。

「よさこいだわ！」

ゼビアンテスが駆け抜けていった。

みずから最前線に立って火竜と対峙する。

「ゼビアンテス⁉　今さら何しに来たの⁉」

「もちろん同僚の不祥事を清算しに来たのだわ！　最後はこのわたくしが華麗に決めて魔族の強さを証明するのだわー！」

そのまま果敢に風魔法を放つ。

巨大な炎魔獣へ向けて。

「ちょっと⁉　風魔法は炎の魔獣に効かないんじゃ⁉」

それどころか、新鮮な空気を吹き込み火勢を盛んにするのでは、逆に炎魔獣を活性化させかねない。

「心配ないのだわ！　秘策ありなのだわ‼」

当人の言う通り、命中した風魔法は、炎魔獣が起こす炎を消し去っていく。

「グランバーザ様のアドバイス通りなのだわ！　これなら炎に対抗できるのだわ⁉」

「えッ⁉　何どういうこと⁉」

「今放ったのは……、風魔法の一種、真空を作り出す魔法なのだわ‼」

真空とは、空気も何もない無の空間のこと。

燃焼させるために必要な酸素もなくなるので、どんな炎も消え去るしかない。

「真空展開魔法は風魔法の中でも高難易度だから、四天王であるわたくしだからこそポンポン使えることを理解してほしいのだわ！　さすがわたくしなのだわー！」

「それはいいけど、なんかしょぼくない？」

ゼビアンテスの放つ真空のカッターというべき飛び道具で、それほど大規模なものではなく、命中しても産毛二、三本を剃り飛ばす程度のものだった。

それこそ投げナイフ程度のものだろう。

「だから高難易度と言ったのだわ。いかに四天王のわたくしといえども、この規模が精一杯なのだわ」

「拍子抜けえええええええッ⁉」

無論巨大な炎魔獣は、突く程度の小攻撃に何も動じず、反撃の体勢を着々整える。

「うわああああッ⁉　もう間に合わねえええ⁉」

「逃げろ逃げろ！　ブレスが来るぞおおおッ⁉」

攻めあぐねる冒険者たちも、ついに雪崩を打って逃げ散っていく。

サラマンドラが大きく息を吸う仕草を見せた。

それこそ炎のブレスを吹きつける直前の予備動作。

「これはヤバいのだわ！　わたくしも逃げるのだわ！」

「待って‼」

疾風のごとく逃げ去ろうとするゼビアンテスの首根っこをレーディが摑む。

「何やってるのだわ⁉　ここに留まってたら二人仲良く美女の丸焼きになるのだわ！」

「その前に！　試したいことがあるの！　もう一度真空刃を炎魔獣に向けて投げて！」

「はあッ⁉」

今さらナイフのような真空刃を放っても、炎魔獣サラマンドラにさしたる影響は与えられそうにない。

しかし、問い返して詳しい説明を聞いている余裕もなかった。

あと数秒もしないうちに、二人が立ってる地点を含めた広範囲が火の海となる。

完璧に逃げ遅れて、生き残るには魔獣の攻撃を阻止するしかなかった。

躓かせるだけでもいい。あるいは致命傷を与えても。

「わかったやるのだわー！　えーい！」

ゼビアンテスの手から放たれる真空刃。真空ゆえに色も形もなく見えないが、たしかにそこにある気配を察して……。

「『裂空』‼」

レーディはオーラの斬撃を放った。

ダリエルやアランツィルの『凄皇裂空』より遥かに小さな普通の『裂空』ではあったが。

それが先に飛ばされた真空刃に追いついて合わさり……。

「はあッ!?　真空刃とオーラの斬撃が……!?」

合体した。

真空の刃はオーラの塊によって無理やり拡張され、またスラッシュ（斬）の特性を付加され鋭さを増す。

「あらゆる炎を消し去る真空の特性を得たオーラ斬撃……！　名付けて『真空裂空』！」

「そのまんまなのだわ！」

「行けッ！　炎魔獣の喉笛を斬り裂けッ!!」

ダリエル、合流する

俺がバシュバーザをボコボコにして数刻。

最後には体を胎児のように丸めて動かなくなるバシュバーザだった。

「ごめんなさい……、ごめんなさいいいいいい……！」

と繰り返し呻くばかりだった。

心が完全に折れている。

「やり過ぎたかな……？」

思わないでもなかったがヤツの普段からの行いを鑑みるに、この程度のお仕置きはやっぱ不可欠だろう。

もう少しぶん回してやろうかなとも考えたが、遠くの方で何やら大轟音が起こったので、そちらに気を引かれる。

「……？　何かあった？」

しかもその音がしたのは、俺がさっきまでいた方角からじゃないか。

炎魔獣との戦いを押し付けてきちゃったが、何か状況に変化があったか？

「…………」

バシュバーザはもう充分心がバッキバキになっていたので、『これぐらいでいいや』と思った。

コイツの足首を摑み、地面を引きずりながら来た道を逆に辿る。

◆

現場に戻ってみると、想像してたよりも豪快な景色が広がっていた。

「おお……！」

倒れ伏す炎魔獣サラマンドラ。

致命傷でも食らったのかピクリとも動かない。

その上に、多くの冒険者たちがよじ登って勝ち鬨を上げていた。

「勝利なのだわー！　わたくしが加わって負けるはずがないのだわーッ!!」

ゼビアンテス？

何でアイツが一番はしゃいでいる？

「ダリエルさん！」

戻ってきた俺に気づいて、まず駆け寄ってきたのがレーディだった。

「やりました！　アナタの期待に応えて炎魔獣サラマンドラ！　皆で討ち取りました!!」

お、おう……!?

勝利の高揚か、普段生真面目なレーディまで浮かれ気味だった。

「最後の決め手になった一撃が、本当にもー上手くいって！　ゼビアンテスの魔法と私の剣が、上手い具合に合体したんですよ!!」

え？　合体？

本来敵同士である勇者と四天王の合体技？

一体なんのこっちゃ⁉

「いや、私から見ても鮮やかな手際だった」

「アランツィルさん⁉」

アナタまでベタ褒めとはいったいどんな事態⁉

「元々あの炎魔獣には、体の隅々に至るまで炎の魔力が充満していた。外部からの攻撃が体内に入るなり、その魔力ですべて焼き尽くしていたらしい。だから体内まで深刻なダメージが入らず、異様なタフさの原因となっていた……！」

「は、はあ……⁉」

「しかし、どんな炎でも消してしまう真空の刃に『裂空』を合わせた真空斬撃なら、炎魔獣を構成する炎の魔力を消し去りながら身を引き裂くこともできる」

その理屈で、炎魔獣の喉笛を深く引き裂くことができたのか。

「いやでも……、でも……⁉」

よりにもよって宿敵の勇者と四天王が力を合わせたとは……⁉

いいんですか？

なんか大事なものが根底から覆された気分なんですが……⁉

「それに、まさか倒してしまうとは……！」

喉笛パックリ裂けて横たわる炎魔獣を見上げる。

俺としては皆が食い止めているうちにバシュバーザをボコって、魔獣使役の魔法を止めさせようというプランを立てていたんだが……。

そうするまでもなかったとは。

……なんか一番重要なところに尽力できなくてすみません。

「いや、ダリエルの果たした役割も重要だった」

そう言ってくれたのはグランバーザ様。

隣にアランツィルさんも並んでやってくる。

「現在、炎魔獣サラマンドラは精神でバシュバーザと繋がっている。ヤツらは互いの精神状況に大きく影響を受け合うということだ」

俺が引きずってきた、失神中のバシュバーザを見やる。

「ダリエル、お前がバシュバーザを追い詰めて精神を揺さぶった。コイツの恐怖と混乱が炎魔獣にも伝わっていた」

「一時期から魔獣の動きがやけに鈍くなっていたが、原因はそれか……!?」

え？　まさかそんな影響が？

まあいいか、俺も魔獣退治に多少なりとも役立てたのなら。

「じゃあ、コイツももう任務終了だな」

俺が手をかざすと、魔獣の尾に絡まっていたヘルメス刀（鞭形態）が独りでに解かれ、短い基底形態に戻りながら飛び、我が手に還る。

「えッ？　何それ……!?」

たった今、眼前で起こった現象にレーディなどが困惑していた。

「何か益々便利になってね、コレ」

とにかく基底状態のヘルメス刀を懐に仕舞う。

一つ一つ着実に片付いていく。

「次に片付けるべきは……」

俺の視線が、足下へ向く。

皆の視線も、同じ場所に集中した。

地面に伸びて倒れるバシュバーザへ。

ボコボコにされた現場から俺に引きずられて、地面に跡を描きつつ大の字に伸びている。

「……」

実父であるグランバーザ様が、一瞬やりきれない表情を作ったが、すぐに息子へ向けてしゃがみ込む。

「バシュバーザ……、バシュバーザ起きるのだ……！」

「ごめんなさい、ごめんな……、ひゃあッ!?」

いまだ俺に殴りつけられる悪夢にでもうなされていたのか、バシュバーザは飛び上がるように覚醒した。

「嫌だ！　痛いのは嫌だ！　もうぶつけないで木に、もう……!?　……？　あれ？」

バシュバーザは覚醒して、様変わりした周囲を見回す。

そしてもっとも目立つ巨大物に視線が釘付けとなる。

「……炎魔獣サラマンドラ!?」

大地に倒れる魔獣に、バシュバーザは這い寄る。

もはや立ち上がる体力も気力もない。

「バカなッ!?　最強最悪の魔獣が何故倒れている!?　起きろサラマンドラ！　起きて、ここにいる連中を皆殺しにしろおおおッ!!」

主の必死の訴えにも、魔獣は指先一本動かすことはなかった。

ピクリとも反応しない。

「応えろおおお!?　何故応えない!?　それでも世界を滅ぼす力を持った四凶の一体かあああッ!?　お前の恐怖の伝説はこけおどしかあああッ!?　くそおおおおおッ!?」

「見たかバシュバーザ」

グランバーザ様が、どうしようもなく悲しい声を掛けた。

「これが、本当の力というものだ。努力して培い、他者と信頼して束ね合う。それが本当の力だ。その力は伝説にすら打ち勝つこともできる。それが本当の力だ」

本当の力だと。

グランバーザ様は噛んで含めるように何度も繰り返した。

「本当の力とは、時間を掛けて積み上げていくものだ。その過程を怠る者に本当の力は手に入らない」

自分以外の何物かを利用して使う。そんな力は借り物の力でしかない。

「自分のものでない力を使って頂点まで登り詰めた者はいない。お前に足りないのは頂点にまで至る道を、自分の足で登っていく決意だ。過程を無視して、頂点の輝きだけに目を奪われた」

それが歪みを発し、ついに歪みに押し潰された。

そうして脱落していった者のなんと多いことか。

「魔王城に帰るぞ。そしてお前を正式に四天王から解任する。すべてをゼロにして最初からやり直す。それがお前のできるたった一つのことだ」

グランバーザ様は、這いつくばる息子の肩に手を置こうとした。

その手は、寸前にて振り払われた。

「煩い！　煩い煩い！　ボクは負けてない‼」

最後の力を振り絞って立ち上がる。

「ボクは英雄だ！　天才なのだ‼　ボクは、この世界にいるすべての者を見下ろすために生まれてきたんだ！　人間族も、魔族も！　誰もボクを見下すことなんて許さん‼」

「ここまで来てまだわからんのか、お前が既に負けていることを」

今、この場にいる中でもっとも惨めなのがバシュバーザだった。

敗北しながら敗北を認められないのは、本当に惨めだ。

「お前の魔法では、今のダリエルにかすり傷一つつけられん。頼みの炎魔獣も倒れた。お前にはもう何もできない」

「そうかな……？」

バシュバーザが不敵に笑う。

「言っただろう、ボクは天才だと……！　凡人どもには見えないものもボクには見えるんだ。凡人どもには踏み込めない領域にも、ボクは入ることができる……！」

「何を言っている……!?」

緊迫した空気が周囲に広がっていく。

勝利に沸き返っていた冒険者たちも、その張り詰めた空気に気づいて振り返る。

「魔獣を従える禁呪……！　それにはさらなる高みがあるのを知っているか……!?」

「何ッ!?」

「発見したのはボクだ……！　ボクが天才だから気づけたのだ!!　魔獣使役の禁呪の、さらに先にある領域が！　ボクはそこへ駆け登り、真の頂点に立つのだあああッ!!」

バシュバーザは、自分の周囲に炎の渦を巻き起こす。

俺たちを近づけさせないためか。

しかしヤツの狙いは他にもあった。

「はあああああッ!!」

バシュバーザは、炎の渦をまといながら飛んだ。

バシュバーザが天駆け向かう先は……。
動かない魔獣。
炎魔獣サラマンドラの下へ……!?

バシュバーザ、最後の悪あがきする

「な、なんだあああーーーーッ!?」

「何かヤバそう!?　逃げろ逃げろ逃げろーーーーーッ!?」

炎魔獣の上に登って勝利を満喫していた冒険者たちも、異常を察知し逃げ散る。

バシュバーザは、躊躇をまったく見せずに炎魔獣に体当たりした。

余程の勢いをつけていただけあって、ヤツの体は炎魔獣に突き刺さるかのようだ。

「バシュバーザ！　何をする気だ!?」

「あばばばばばば!!　クソバカダリエルめ！　このボクを再びサラマンドラに引き合わせたのが運の尽きだ！　勝ったと思って油断したな、このバカめ！　その傲慢がお前を滅ぼすんだあああああッ!!」

炎魔獣サラマンドラの体に突き刺さったかのようなバシュバーザは、実際、火竜の中に沈んでいった。

なんと不可思議な光景。

あれではまるで……。

「炎魔獣と合体している？」

「その通りだあああああ！　これが禁呪、魔獣使役の法を研究した結果ボクが見つけた最強の段階だあああああッ!!」

バシュバーザが言った。

「アホにもわかるように説明してやろう。でないとボクがどれだけ偉大なことをしたか、アホにはわからないだろうからな。理解したアホは、天才を崇拝する義務があるんだあああ!!」

なんともまだ傲慢な態度だった。

俺があれだけ厳しく躾(しつけ)したのに、全然実になってない。

「そもそも魔獣使役の法、その核心は魔獣と術者の精神を融合させることだ！　そうすることで魔獣を、思う通りに動かすことができる!!」

心が混ざったことで、術者の心の中にある望みを魔獣自身の望みだと錯覚させる。

だから魔獣は、術者の望み通りに動く。それがいかにも使役しているように見えてしまう。

「だがな……、その術者と魔獣の融合には先があるのだ。精神を混ぜ合わせることができるなら、肉体だって融合させることができる。そうは思わないか？」

「まさか……!?」

今目の前で起きている、バシュバーザが魔獣の体に潜り込むかのような現象は……!?

「そうだ！　ボクはこれから精神だけでなく、肉体をも魔獣と合体して、完全融合する!!　魔獣の恐るべき力がボクのものとなるのだあああッ!!」

バカな……!?

魔獣と完全融合だと……!?

「お前たちは疑問に思わなかったか？　この世界に四種いるという魔獣。何故(なぜ)その中から炎魔獣サラマンドラを選び取ったのか？　最終的にこうなることを目指してのことだ……！」

「どうせ融合するなら、自分が得意とする属性と同じ魔獣を取り込んだ方がよりプラスとなる、ということだわ……⁉」

こちら側で四天王のゼビアンテスが言った。

「そうだ、さすが能無しとはいえ四天王。理解が早いではないか」

「いや、お前の方がダンチで無能なのだわ！」

ゼビアンテスの冷静で的確なツッコミも、もうヤツには届かない。

「ボクは、炎魔獣サラマンドラと融合して、その力のすべてを我が物とするのだ！　その時ボクは誰よりも強い究極生命体となるんだ！　魔王だってもう目じゃない！　究極最高、最強の覇炎。『豪火絢爛（けんらん）』のバシュバーザとなるのだ‼」

なんだその二つ名⁉

そうしているうちにも炎魔獣は、元の火竜としての輪郭を失い、ドンドン溶けていく。

生物の形を消失して純粋なエネルギーの塊となって、バシュバーザの体に吸い込まれていく。

「フフフフフ……！　ありがとうよ！　融合のタイミングをずっと狙っていた！」

「何？」

「わかるだろう。魔獣の力は強大。ヘタに融合したら、ボクの方が魔獣に取り込まれて消えかねない。逆にボクが魔獣を取り込むには限界まで弱らせ、魔獣の意識を無にするまで追い込まねばならなかった」

「まさか……!?」

「そうさ！　お前たちが魔獣を倒してくれたお陰だ！　まさかの大勝利で興奮していた諸君らだが、それもボクの計画の一部に過ぎなかったんだよ！　バカめええええええッ!!」

炎魔獣のパワーを吸収し、バシュバーザの魔力がドンドン上がっていく。

まさかこんな切り札を隠し持っていたなんて。

こうなったら、融合が完了する前に叩くしか……！

そう思ってヘルメス刀を引き抜こうとした俺を……。

「……待つのだ」

グランバーザ様が押しとどめた。

「ッ!?　何故止めるんです!?　さすがにあれを放置することは……!?」

「いいのだ。あのままでいい」

「？」

意図のわからないことを述べてグランバーザ様は歩み出す。

息子たるバシュバーザへ向けて。

「……どうです父上？　ボクの才能は見事なものでしょう？」

再び向かい合う父親に、バシュバーザは勝ち誇ったように言う。

「凡俗どもは恐れ、封印してしまった禁呪を、ボクは使いこなすどころかさらなる段階へと進化させた！　この魔獣との完全融合は、禁書の中には記されていなかった！」

「……」

「禁呪を進化させたボクは正真正銘の天才だ！　そういえばアンタは言ってたなあ、借り物の力では頂点へはいけないと！　しかしこれはボクの力だ！　これで正真正銘魔獣の力はボク自身の力なのだあああ‼」

あのままでは本当にバシュバーザは魔獣と融合完了してしまう！

やっぱり……！　とヘルメス刀を振り上げたところでまた止められた。

今度はアランツィルさんだった。

「まだ待て、グランバーザの好きなようにやらせてやれ」

「でも……！」

「アイツに育てられながらわからんのか？　アイツが発する悲壮の覚悟を」

「え……？」

俺たちの位置からは、息子バシュバーザと向かい合う父グランバーザ様の背中が見えるだけだった。

その背に、今まで見たこともない哀愁が漂っていた。

「息子よ……！　どこまでも愚かなる我が息子よ……！」

「何を……⁉　ここまで来てまだボクの偉業を認めないのか⁉　いい加減認めろ！　ボクが、アンタを超えた偉才であると‼」

「いいや、お前は出来損ないだ。見下げ果てたバカ息子だ。ただ心が幼いだけでなく、知恵もない。だからそんなバカをする」

「何を言う⁉　ボクは独自に禁呪を進化させた！　まさに天才の所業だ！　……そうかわかったぞ、ボクの功績に嫉妬しているんだろう？　負けるのが悔しいから認めたくないんだろう⁉」

「お前こそ何故わからない。お前が誰にも勝てなかったことを。ずっと負けてきたことを……！」

グランバーザ様の声は、泣きそうな声だった。

「禁呪に関してもそうだ。……魔獣使役の法の、誰も知らない裏技を見つけ出した？　本当にそう思っているのか？」

「え？」

「お前ごときが気づく程度の応用法を。先人たちが誰一人発見できなかったと思っているのか？　本当にそう思っているなら、お前は本当に短絡だ。世の中すべてを舐め切っている！」

「ど、どういうことだ？　父上それは……⁉」

「魔獣との完全融合法。そんな魔法はとっくの昔に発案され完成されている。魔獣使役の法とはまったく別の禁呪として『秘密の部屋』に封じられている」

「なッ⁉」

「どうせお前は『秘密の部屋』の禁書を漁るのも中途半端で、見つけられなかったのだろう。魔獣融合法は、魔獣使役の法をより推し進めた重篤段階。魔獣を軽々しく使役する者は皆、その段階に入っていく……！」

あたかも、難病に冒された者が、より深刻な段階に進むように。

「お前は、魔獣と融合することが自分だけの偉業だと信じて自慢げだが、それは魔獣を操る者が十人なら十人辿る平凡な道なのだ。しかもそれは愚か者を待ち伏せる罠だ！」

「罠ッ⁉　どういう……⁉」

「魔獣との融合は、過去数百年間に何件か実例があってサンプル化されている。魔獣は融合する際、何故か自分より遥かに小さい魔族の中に入っていくそうだ……！」

そうまさに。

今のバシュバーザそのもののように。

「別に魔獣が弱ったタイミングを狙わなくてもいい。どっちにしろそんな状態になる。それが何故かはわからない。しかし魔獣を体内に吸い込む魔族の体は、やがて強大過ぎるエネルギーに耐えられなくなって爆発する」

「爆発⁉」

「そう、まさに空気を入れ過ぎた風船が破裂するように。魔獣の、純化した膨大なエネルギーが一旦魔族の体内に圧縮されてから解き放たれるのだ。その爆発力は生半可なものではない」

それこそ街の十や二十を丸ごと吹き飛ばすほどの？

「それが、魔獣融合法が魔獣使役法共々禁呪指定された理由だ。お前のように大発見と浮き立ったバカ者が、何度同じ轍を踏んできたことか……！」

魔獣使役法の禁書にはそんな注意書きはされていなかったんだろう。

元々使うことを禁じられた魔法だし、少しでも想像力があれば最終的に行き着く破滅に気づいて当然なのだから。

「禁呪とは、それだけの危険を孕んでいるから禁呪に選ばれるのだ！　その危険を弁えないからお前はどうしようもないバカ者なのだ!!」

「うそおおおーーーッ!!　中止ッ！　融合中止ッ！　……できない!?　魔獣のパワーがドンドンボクに入り込んでくるうううッ!?」

「融合は魔獣の意思だから、お前ごときに止めることなどできん」

融合が魔獣の意思。

それではまるで、魔獣が自分を操ろうとする者に罠を張っているようではないか。

「魔獣はそういう存在なのだ。手柄を焦り、自分を利用しようとしてくる者を破滅に導く」

「止まれえええ！　止まれえええッ!!　……止まらないいいいいッ!!」

「過去、お前のように失態を犯した四天王が何人と、魔獣使役に手を出してきた。起死回生、名誉挽回。追い詰められた状況を一気に覆す。そんな都合のいい展開を求めて」

しかし、そうした高望み者たちは例外なく逆に魔獣に取り殺された。

魔獣とはそういう存在。

「愚かな息子よ。お前のしてきたことは、失敗して落ちぶれる無能四天王の典型的なパターンでしかないのだ。没落の過程ですら、お前は先人を踏襲することしかできなかったのだ」

「そんな……！」

その瞬間バシュバーザの表情が絶望に染まった。

自分が英雄でも天才でもないと気づいた顔。

「しかし息子よ。お前だけを地獄に送りはしない。この父が、命と引き換えにしてでもお前から起こる暴発を抑え込んでみせる。それが、お前という大バカ者を世に送り出してしまったバカ親としての責任だ」

ダリエル、決着をつける

「大爆発をする……⁉」

　バシュバーザが。

　炎魔獣をそのまま取り込んだバシュバーザは、その力を制御できないどころか収め切ることすらできず、暴発させて周囲諸共吹き飛ばすという。

　バシュバーザ自身が魔法爆弾になるってことか。

　暴れ回っていた魔獣の強さから考えて、あの脅威がそのまま爆発力に変換されたら、近隣は間違いなく消し飛ぶ。

　ミスリル鉱山は元よりラクス村にまで被害が及ぶかもしれない。

「ひー大変だわ！　逃げるのだわ‼」

「逃げんな」

　風に乗って飛び去ろうとするゼビアンテスの首根っこを掴む。

「ここにいる連中は、どんなに頑張って逃げても爆発圏から脱出できまい……！　その前に爆発してしまう……！」

　だから皆で生き残る方法は、何としてでもバシュバーザの爆発自体を阻止すること。

　純エネルギー化した魔獣は今なおバシュバーザの体内に注ぎ込まれ、心なしかヤツの体が膨らみ始めていた。

「やめろおおおおッ⁉　やめて、死にたくない！　助けてぇえ、助けてぇええぇッ‼」

「安心しろ、お前一人を死なせはせん」

グランバーザ様が言う。

息子バシュバーザの肩を両手でガッチリ摑みながら。

「皆聞いてくれ。この愚息の不始末は、私が処理する。それが父親としての役目だ」

「グランバーザ様、何を……⁉」

「私の全魔力をもって爆発を封じ、被害を最小限に抑える」

そんな。

そんなことをしたら……⁉

「当然、私は死ぬ。全魔力を搾り尽くさなければ魔獣の暴発は抑え込めないであろうし、それでもなお完璧に封じられず爆発に巻き込まれるだろう。……ゼビアンテス」

「はいだわッ⁉」

居合わせる四天王の名を呼ぶ。

「すまんが、風魔法で私とバシュバーザを遠くへ飛ばしてくれ。できるだけ人のいないところへ。被害を最小限に抑えたい」

「いやだああッ⁉　死にたくない！　死にたくないいいいいッ‼」

バシュバーザは無様に泣き叫ぶばかりだった。

こんな破滅的結果に至ったのは、すべて自業自得だというのに。

「助けてください父上！　ボクはまだ死にたくない！　死ぬのは嫌だあああッ!!」

「バシュバーザよ、それが報いだ。生きる者は皆、自分のしたことに対する報いを受ける。善行には報恩、悪行には報復。お前もまたお前の罪から発する罰を受けねばならんのだ」

グランバーザ様は、愚かな息子の頭を優しく撫でる。

「私も罰を受けよう。然るべき養育を怠り、お前のようなバカ者を育ててしまった罰を謹んで受けよう。……一緒に滅びるのだ。それが我ら、愚かな親子に相応しい末路だ」

グランバーザ様は、バシュバーザと共に死ぬつもりだ。

それがヤツの父親としての責任の取り方だと。

グランバーザ様は歴代最強四天王と謳われるが、その魔力をもってしても魔獣パワーの暴発をどれだけ封じきれるか。

完封はとても無理だろう。

爆発の規模をいくらか縮小するのが精一杯。

十分の一だろうか？　それとも五分の一？

グランバーザ様の大魔力をもってしても半分も抑えられないかもしれない。

それならば……！

俺は走り出た。

そして跳躍し、グランバーザ様の肩越しにヘルメス刀を突き出す。

ブスリと。

バシュバーザの胸に刺さった。

「ぐぎゃあああーーーッ⁉」

「ダリエル⁉　何を……⁉」

俺の突発的な行動にグランバーザ様も戸惑いを隠せぬ。

だが俺も、立ち止まるわけにはいかない。

「グランバーザ様の息子は……、お前一人だけじゃない……！」

この俺だって、すべて真っ新な赤子の時から、この方に育てていただいた。

俺にとってこの方は原点そのものだ。

もっとも恩ある御方だ。

「そのグランバーザ様を、お前なんぞの道連れにさせるか。この始末は俺がつける！」

「ダリエル⁉」

「グランバーザ様、俺の我がままをお許しください……！　アナタの自責はわかっているつもりです……！」

だがそれでも……！

「俺はアナタに生きてもらいたい！　泥はすべて俺が被ります！　バシュバーザは……！」

俺がケリをつける。

「ゼビアンテス！　風魔法で俺とバシュバーザを飛ばせ！　できるだけ遠くへ！」

「は、はいなのだわ‼」

ゼビアンテスは迅速に動いてくれた。

突風を巻き起こし、俺とバシュバーザを諸共吹き飛ばした。

剣を突き刺し、ガッチリ組み合っているから離れようがない。

「ダリエル！　バシュバーザ!!」

地表に残るグランバーザ様の姿を空から確認できた。

俺たちを追おうとするのを、アランツィルさん組みついて引き留めている。

あの人に任せておけば大丈夫だろう。

俺は俺で、自分のすべきことを遂行する……！

突風に乗って空を行く。

皆のいるミスリル鉱山を遥か後方に置いて、距離を充分とった。

「ここまで離れても、普通に爆発させたら皆死ぬだろうな……！」

爆発の根源は魔獣なのである。

楽観していい相手じゃない。

「これから、お前の爆発を封じ込めるための作業に入る。成功しなきゃ俺も死ぬからな、本気でやらせてもらうぞ……！」

「ボクは!?　ボクはどうなるんだ!?　助かるんだよな？　助けてくれるんだよな!?」

「……」

バシュバーザの縋るような声に俺は何も返せなかった。

コイツもわかっているだろうに。

俺は魔法を使えない。魔法に関しては完全素人の俺に、爆発を封じつつコイツを器用に救う手立てなどない。

救う義理もない。

「…………助けてくれダリエル」

バシュバーザが言った。

「助けてくれ！　ボクのことを助けてくれ！　ダリエル！　お願いだ助けて‼」

「その言葉をずっと待っていた……」

アナタが新しい四天王に就任してから、俺はアナタを助けようとずっと足掻（あが）いてきた。

アナタを助け、導き、足元から支えて、アナタをお父上に負けない立派な四天王にしてあげたかった。

「……何で、何もかも手遅れになってから言うんだ」

俺は、バシュバーザの胸からヘルメス刀を引き抜き、その体を蹴飛ばした。

二人の距離が空く。これからの試みのためには一定の間合いが必要だからだ。

魔獣エネルギーの暴発によって起こる大爆発。

それを防ぐのに俺が思いつく手段は一つしかなかった。

「俺の最大出力オーラでもって、魔獣の魔力を消し飛ばす」

基本的にグランバーザ様のとるつもりだった方法と同じ。

違いは、グランバーザ様はあえて爆発させたあと封じ込めるのに全力を注ぐおつもりだったが……。

俺は爆発させる前に、依り代となるバシュバーザごとすべてを消滅させる。
最初で最後のチャンスは、魔獣のパワーがすべてバシュバーザの体に入り切ったあと。
それから爆発するまでのほんの僅かな瞬間。
恐らく一数える間もないだろう。
その一瞬を狙って、我が全オーラを叩きこむ。
「頼むぞヘルメス刀……!!」
最高の刀匠スミスじいさんの最高傑作にして我が相棒よ。
俺の全オーラ、お前を介して放つもっとも効率的な形態はなんだ？
剣形態か？　エストック形態か？　鞭形態か？
……いや、そのどれでもない、オーラ放出にもっとも適した形態が必要だ。
新しい、壮大な……。
新たに解放されたお前の真価をもって……!!
「おおおおおおーーーーッ!!」
ヘルメス刀は応えてくれた。
柄のみの基底形態から、光の刃が噴出される。
「これは……!?」

オーラそのものが刀身になった。

オーラで出来たオーラ刀。

しかも刀身は大きい。間欠泉のように噴出するオーラの勢いを得て凄まじい巨大さだ。

両手持ちの大剣すら遥かに超える大きさ。

これをもって……！

「バシュバーザ、お前を消滅させる……！」

「待ってくれ！　ダリエル助けてえええーッ!!」

子どものように助けを求めるバシュバーザ目掛けて、俺はオーラでできた巨大光剣を振り下ろした。

巨大なる光の放出は、バシュバーザの体を斬るというより飲み込んで……。

その体内に取り込まれた凶悪な奔流共々。

この世から跡形もなく消し去った。

戦い、終わる

風魔法によって遠くに飛ばされた俺は、戻る時には自分の足で歩かなければならなかった。

しかしそれほど時間も労力も要さなかった。

思ったほど離れていなかったらしい。

「ダリエルさん！」

戻ってきた俺を、レーディ始め多くの冒険者が迎えた。

歓声をもって。

「凄えええーーーーーッ!!　やっぱアニキは凄えぜえええーーーーーッ!!」

「滅茶苦茶し過ぎてビビるのだわ！　もうわたくしとは敵対しないでほしいのだわ!!」

「まさに村長こそ古今無双の英雄！　拙者、御見それいたした……!!」

「って言うか強過ぎてドン引きですよね……！」

以上。

冒険者たちの反応は、まさに勝利を祝う喜びに満ち溢れて、興奮していた。

それ以外になかった。

そういった歓迎を浴びせられ、俺は奇妙な疲労感を全身に感じた。

体力的に疲れているわけではない。

あの巨大オーラ刀はたしかに大技だったが、それでも体力を搾り尽くされるほどでもなかった。

必要なら今からでも二撃、三撃と放つことができる。

しかし疲労感はあった。

体ではなく、心が疲労している。

その理由は……。

「……」

俺の前にグランバーザ様がやって来た。

本当は、ヤツと共に命のけじめをつけるつもりだった御方。

俺と向かい合い、互いの手が届く距離まで近づいて……。

「グランバーザ様、申し訳……、グッ⁉」

俺は言葉を中断した。

殴られたからだ。

グランバーザ様の拳が俺の顔面に叩きつけられた。

「ッ⁉」

「何をッ⁉」

周囲は騒然としたが、俺が即座に手を挙げ制する。

「いいんだ、騒ぐな……！」

「でも……⁉」

「いいから……‼」

重ねて周囲を押しとどめる。

実際殴られても大したことはなかった。

力は弱く、俺は殴られても一歩も下がらずに済んだ。

「どうして……、一緒に死なせてくれなかった……⁉」

グランバーザ様は震える声で言った。

「どうして責任を取らせなかった……⁉　これでは私は、罪を犯して償うことのない……！　アイツだけを一人逝かせて……！」

「すべて俺の我がままです」

俺は答えた。

「アナタに死んでほしくなかった」

その言葉をきっかけに、グランバーザ様の張り詰めていた糸が切れた。

力なく膝を地面につく。

「すまない……、ダリエルすまない……！」

俯(うつむ)いて地を見詰めたまま、グランバーザ様は『すまない』を繰り返すばかり。

俺も一緒に膝を折って、沈むグランバーザ様を両腕で包み込んだ。

先代勇者アランツィルさんも背後から肩に手を置いた。

永年の宿敵の肩に。

「……………」

やはりグランバーザ様にとって、バシュバーザは愛すべき息子だったのか。

人材としてはどうしようもないクズだった。

プライドだけが大きく、自分だけが正しいと信じ、他者を無条件に否定する。

そんな人材が、血統と縁故だけで責任ある立場に就くことこそ組織の悲劇。

バシュバーザは存在自体が悲劇だったが、それでもグランバーザ様にとっては血の繋がった息子だった。

ただ育ててもらっただけの俺とは違う。

謝罪がやがて嗚咽に変わっていった。

歴代最強の四天王が泣いた。

息子を失うということは、それだけ大きな出来事ということ。

俺はこの先、きっと死ぬまで、『ここでグランバーザ様を一緒に死なせてやらなかったのは正しいことだったのか？』と自問し続けるのかもしれない。

「……あッ⁉」

その時だった。

誰かが声を上げる。

「皆……！　空を、空を見て⁉」

その声に引かれて皆が見上げる。

抜けるような青空があった。その青の上に、真紅の光が集まる。

「なんだあれは……!?」

真っ赤な、無数の粒子が一点に集合していった。

粒子は集まるほどに大きくなり、やがて意味ある形を成していく。

巨大な竜のシルエットを。

そして充分に再生が済んで顕在化したのは……。

「炎魔獣サラマンドラ!?」

バシュバーザが吸収したはずの魔獣が復活した。

バカな、俺の光剣で消滅したはずじゃないのか!?

宿主となったバシュバーザと共に。

「……それが魔獣なのだ」

グランバーザ様が、嗚咽を噛み殺していった。

「ヤツらは死ぬことがない。消滅してもああして再生し、数百年の時を生きてきた」

俺たちは身がまえた。

復活した以上、あの魔獣ともう一戦交えることもありうるからだ。

でも魔獣は、再び俺たちに牙を剝くこともなく、むしろ俺たちなど歯牙にもかけぬという風に踵を返し、遠くの空へと飛び去っていった。

「無関心が匂い立つかのようだわ……!?」

「使役魔法によるバシュバーザからの影響が消えた今、そんなものだろう。ヤツらにとって、地上に這いずる人間族も魔族も、気にかける価値もない小物なのだ……」

……。

解き放たれ自由になった炎魔獣に対して、俺たちが再び戦いを挑んだとして勝てるだろうか?

バシュバーザと繋がっていたヤツは、バシュバーザの臆病も慢心も共有していた。

それが魔獣本来の強さに、それなりの制限を掛けていたと考えられる。

「これで……、終わったのか?」

四天王バシュバーザとの戦いが。

何も得るもののない、実りなき戦いだった。

だから勝っても何の達成感もなかったし、虚しさが胸の中を吹き抜けていくかのようだった。

「何も得るものがなかったか……」

「そうとも言えん」

気づいたら、俺のすぐ隣にアランツィルさんがいた。

グランバーザ様はしばらく一人になりたいのだろう。とにかく今はこの二人で終わった戦場を見渡す。

「キミが最後に放った技、凄まじいものだったではないか」

「ああ……」

バシュバーザを消滅させたあの光剣のことか。

ヘルメス刀に限界までオーラを込め、武器に伝わらせるのではなくオーラそのものを刃のように噴出する。

可視化したオーラが光の剣のような様相を帯び、触れるものを何でも消滅させる。

とにかくヤツの内部に圧縮された魔獣エネルギーを消し去ろうと、ほぼフィーリングによって出てきた剣だが、まさかあれほどちゃんとした形になるとは。

「……俺の実力じゃないですよ。このヘルメス刀が性能分の働きをしてくれたんです」

「それでも実現させたのはキミの技術によるものだ。オーラの塊として『裂空』のような見た目だったが、『裂空』のように飛ばすのではなく剣のように安定させるとは、もはやオーラの扱いは私を超えているかもしれんな」

「いやいや……」

それがこの戦いで残った成果か。

あまり心躍るものではないが、何もなかったと思うよりは心が健康になれる。

アランツィルさんの気遣いと思って素直に受け取っておこう。

「キミが創造した絶技に、私から名を贈りたい。オーラの塊として『裂空』の面影を示しつつ、我が奥義『凄皇裂空』をも超える威力……」

しばし考え込むような素振りを見せて……。

「『絶皇裂空』というのはどうだろう？」

「……」

『絶皇裂空』。

その新技が、今回唯一獲得できたものか。
まあ、皆が無事凌ぐことができたのも最大の成果と考え、満足しておこう。

バシュバーザ、地獄に落ちる（四天王ｓｉｄｅ）

バシュバーザは目覚めた。

「ヘッ？」

そしてわけがわからなかった。

彼の脳中に、直前までの記憶はたしかにある。

ダリエルの放った巨大光剣。

その中に我が身飲み込まれ、跡形もなく消滅したはずだった。

自分自身が。

では、ここにいるバシュバーザは一体何なのか。

この世から消えたはずの自分がいる場所は……。

「冥界……なのか……？」

語り継がれる死後の世界。

ここがそうだというのか。

「いんやー、違うよ？」

「へぅいッ!?」

「ここはまだこの世だよ、辛(かろ)うじてね」

唐突に浴びせかけられる声にバシュバーザは恐慌する。

「誰だッ⁉　何者だッ⁉」

慌てて周囲を見渡す。

すると眼前に、目と鼻の先に、壁のように巨大なものが立ちはだかっているのがすぐわかった。

「お前は……ッ⁉　いやアナタ様は……ッ⁉」

「へろー」

壁と見紛う巨漢。

それがバシュバーザを見下ろしていた。

「魔王様ッ⁉」

「そうです、ぼくちんが魔王です」

バシュバーザは恐れおののきつつ二、三歩後退。

そして周囲を見渡してやっと気づいた、自分がいるこの場所に見覚えがあることを。

「ここは……⁉　魔王の間⁉」

魔王城最上階。

全魔族の主である超越者、魔王の在所にして天高き玉座。

そこにバシュバーザはいた。

「でも何で……⁉」

バシュバーザの最後の記憶が残るミスリル鉱山は、ここ魔王城から遥か遠くに離れている。

普通に歩けば数日以上かかるはずだった。

自分の体、塵も残さず消し去られた事実と合わせて……。

不可解なことだらけだった。

「ちっとも謎じゃないよーん」

「⁉」

まるで心を見透かすかのような魔王の発言。

「キミねえ、この魔王をとことん舐めてるみたいだねえ。とんとことことん舐めてるねえ」

「と、言いますと……⁉」

「ぼくちんの千里眼をもってすれば、遠くでわちゃわちゃしてるキミらのケンカも手に取るように覗くことができるし、原子レベルで消滅したキミを蘇生魔法で元通りにすることもできちゃうよん」

「……ッ⁉」

「そして転移魔法で、ミスリル鉱山からここまでキミを呼び寄せたのさ。……どうだい？　どれも理に適っていて少しも不思議じゃないでしょう？」

「……ふ、ははは……⁉」

不思議ではないと言うが、バシュバーザは驚愕と混乱に、肺から空気を漏らし出すことしかできなかった。

魔王の所業。

すべてが桁外れ過ぎて超越し過ぎている。

魔王城からミスリル鉱山までの遠距離を見渡す千里眼など使える魔族はいないし、蘇生魔法などというものは、そもそも存在すらしない。

死んだ者は何があろうと甦ること能わず、ましてバシュバーザは塵一つ残さず消滅させられた。

それを復活させられるなら、もう他に不可能はないと言っていい。

「偉大なる……、偉大なる魔王……!?」

バシュバーザは、その時やっと魔王の強大さ万能さを思い知った。

それまでは、ただ周囲が崇めているので何となく自分も傅いている程度でしかなかったが、今やっと魔王の恐ろしさを体感で思い知った。

「さて無能くん？　ぼくちんに言うことがあるんじゃない？」

「ははッ！　このボクをお救いくださり本当にありがとうございます!!」

バシュバーザ復活。

その事実も、だんだんと本人の体を這いあがってくるように実感が伴う。

切り抜けた。

あの恐ろしい危機を過ぎてバシュバーザは命を残したのである。

安心感と共に優越感も湧いてきた。

自分は魔王によって救われた。つまり魔王は自分の味方なのだと。

魔族にとって魔王こそが正義とするなら、バシュバーザは最高の後ろ盾を得た。

その力をもって憎き者どもを……、ダリエルや実父グランバーザを今度こそ焼き殺してやる。

バシュバーザに希望と野望が浮かぶ。

「無能くん、何故ぼくちんがキミを復活させたかわかるかい？」

「ははッ!!」

バシュバーザは、もはや自分が無能呼ばわりされることすら意に介さなかった。

魔王こそ我が主であると認識に刻み付けられたから。

「それはもちろんボクが魔王様の忠実なしもべであるからです。甦らせていただいたこの命、魔王様のために粉骨砕身で使わせていただきます」

「あー、違う違う」

「へ？」

「キミを復活させたのはね。ぼくちんの手でキミを殺すためなのさ」

「えッ？」

ばちゅん、と。

水気を大きく含んだ破裂音と共にバシュバーザの上半身が爆ぜた。

下半身だけが原形を残し、周囲には弾け飛んだ血と、細切れになった内臓が、無惨にばら撒かれている。

「…………」

魔王はその残骸に向けてパチンと指を鳴ら……。

……そうとしたが、鳴ったのは指紋を擦り合わせる無様な音だけだった。

「あれえ？　上手く鳴らない？　何千年と練習してるのにこれだけはできないなあ？」

一方で、それを合図に粉々の肉片は、時間が巻き戻るように下半身の上へ飛び戻っていき、破片を繋(つな)ぎ合(あ)わせるようにしてバシュバーザ蘇生。

「あばあッ⁉　はあッ？　はあ……ッ⁉　一体……ッ⁉」

死と再生を再び繰り返したバシュバーザ。

そのおぞましさに血の気が引いていた。

「無能くん、キミは弱い者いじめは好きかい？」

「はッ？」

「いかにも好きそうな顔してるよねえ。だからダリエルくんを散々いびった挙句に追放しちゃったんでしょう？　感じ悪いよねえ、気分悪いよねえ？」

魔王は、ニヤついた表情を少しも変えない。

「ぼくちん弱い者いじめ大っ嫌いだよ。ヒトが泣いたりさあ、痛がってるところを見ると胸が痛むじゃん？　それが真っ当な心の仕組みじゃん？　罪もない子が苦しむののどこが楽しいの？　ああいうのを見て喜んでるヤツは心が歪(ゆが)んでるよね？」

「魔王様…ッ⁉　一体……ッ⁉」

「でもね、痛めつけたり苦しめたりしていいヤツが、一種類だけあるんだよ？　何だと思う？」

「あ、あの……ッ⁉」

「悪者さ」

その瞬間、今度はバシュバーザの両腕が弾け飛んだ。

絶命まで至らなかったので痛みに泣き叫ぶ。

「おぎゃあああああッ⁉　ぐえええええええッ⁉」

「あっはっはっは愉快愉快、キミのような悪者が報いを受けるのは本当に楽しいねえ。因果応報、勧善懲悪ってヤツ？　世の中の正しさを示すのはスカッとするなあ」

消し飛ばされた腕も、すぐさま再生して元通りに。

バシュバーザの脳裏に恐ろしい仮定が浮かんだ。

もしかして自分は、こうして永遠に魔王の玩具として、死なずに嬲り殺され続けるのかと。

「魔王様！　お許しください！　反省します心を入れ替えます！　だから‼」

「チャンスなら、ダリエルくんやグランバーザくんがたくさんくれたでしょう？　キミはそれを全部無駄にした」

魔王は、指を振る。

それに呼応して、魔王の間の床に大きな穴が開いた。

底が見えない、ただただ暗いだけの穴だった。

「永遠に生きるってねえ、意外としんどいんだよね。退屈に押し殺される。死なないのに」

「助けて！　助けてください！」

「それで仕掛けた退屈しのぎが、勇者と四天王の争いさ。アレはなかなか手に汗握って、時間を忘れさせてくれる。……それとは別のプランでね」

暗く黒い穴の底。

ボツボツと小さな斑点が浮かび出した。

赤い斑点が。

「キミのような悪者に罰を与えて、スカッとする娯楽もあるのさ。見てごらん、この穴の下を」

「これは……ッ⁉」

「キミの先輩たちだよ」

赤い斑点のように見えたものは人だった。

どれだけ深い穴の底なのか。斑点のように小さな人が無数にもがき苦しんでいる。

赤いのは、その身が紅蓮の炎に包まれているからだった。

生きながら焼かれ、それなのに燃え尽きることがないので永遠に焼かれて苦しむ。

「過去数百年の間、キミのように罪を犯した者たちさ。ぼくちんから罰を与えられ、ずっと焼かれて苦しんでいる」

「地獄……、地獄……ッ⁉」

「ああ魔族だけじゃないよ？　中には人間の勇者も……、名声だけを目当てに魔王討伐に乗り出し、仲間を見殺しにしてぼくちんの下まで来たような下衆もここで焼いてある」

バシュバーザの言う通りで、その光景はまさに地獄だった。

底にいた亡者たちが、いつの間にか穴の縁まで這いあがっていた。

そして手近にあったバシュバーザの足首を掴む。

「ぎゃびいいいーーーッ⁉」

「ほら、先輩たちもキミを歓迎しているよ？」

引きずり込まれる。

亡者たちによってバシュバーザも穴の底に。

お前も亡者となれとばかりに。

「魔王様！　お助けください！　お助けくださいい!!　ボクが間違っていました！　だからあああーーーッ!!」

「穴の底で苦しむ様を見せてくれ。罪ある者が報いを受ける最高の寸劇。時たまぼくちんが暇潰しに眺めに来てあげるからねー？」

「いやだあああああーーーッ!?　やだあああああああーーーッ!?」

引きずり込まれる。

バシュバーザは抵抗し、必殺の火炎魔法を放つが意味はなかった。

亡者たちはさらなる魔法技術によって即座に解呪してしまうからだ。

「うひいいいいーーーッ!?」

この亡者たちが、過去魔王の怒りに触れて地獄に落とされた歴代四天王であることは事実だった。

バシュバーザなど問題にならない魔法の使い手がワラワラといる。

「やだ！　やだ助けて！　いやだあああぁッ!?」

大理石の床に指を突き立て踏みとどまろうとするが、引きずり込む力の方が強い。

生爪が剝がれ、床に左右五本ずつの血の筋ができる。

バシュバーザの体に足から火が燃え移り、全身炎に包まれる。

「あああ熱いいいいいッ⁉　助けていただああああッ‼　父上ダリエルお願い助けてえええええッ‼」

哀願の咆哮(ほうこう)を上げながら、結局バシュバーザは穴の中に引きずり込まれた。

閉じた。

これから先、彼は彼の同類共々地獄の業火に焼かれながら、みずからの罪を悔い続けるのだろう。

その異空間を創造した魔王が死に、消え去るまで。

「うふふ……」

これが魔王の暇潰しであった。

永遠を生き、時の経過に何も感じなくなった魔王には新鮮な退屈しのぎこそが何より重要なのであった。

勇者も、魔王軍も、魔獣やミスリルですらもそのための小道具なのかもしれない。

「でもしばらくは、もっと面白い退屈しのぎが見られそうだよ。……ねえダリエルくん？　ぼくちんを楽しませてくれるよね？」

両雄、辞去する

戦い終えて俺はラクス村へと戻ってきた。

いとしい妻と息子に迎えられ、帰ってきたことを実感。

とはいえ今回の事件が残した爪痕は大きく、地上施設がすべて焼失したミスリル鉱山の立て直しにラクス村も協力しなければなるまい。

仕事は山積みで、これから一層忙しくなることが予想された。

「それでだが……」

まず問題の一つに当たらねばならなかった。

それはけっこうプライベートに関する問題だったが……。

意気消沈したグランバーザ様が元気を取り戻さないのだ。

何しろ今回の騒動の元凶が実子であるバシュバーザ。

思い上がりと不見識の限りを尽くし、挙句自滅に近い形で死んだ。

一人息子を失った悲しみばかりでなく、その一人息子がどうしようもないバカに育ってしまった悲哀。

すべては自分の教育が悪かったのだと自分を責めておられるのだろう。

とりあえずはミスリル鉱山から我が家へ連れ帰り、客間にて休んでもらっているが。

このまま魔族領に帰すのは危うい気がした。

「何とかしてここでグランバーザ様を励まし、ある程度元気になってもらいたい」

「そういうものか？」

「というわけでアランツィルさん、なんかいい意見ありませんか？」

「私に聞くのか⁉」

先代勇者のアランツィルさん。

俺から話を振られて困惑。

「だって今いる中であの方と付き合い長いのって俺かアナタでしょう？」

「長いとは言っても、敵同士としての付き合いだぞ！『今度会う時は絶対殺してやる』とか互いに思ってたんだぞ⁉」

「それでも何かしら感じ取れることはあったでしょう⁉　その時の感覚を今、甦らせて‼」

「無理無理無理無理無理！　ダリエル、そういうキミこそ頼みの綱なんじゃないか⁉　それこそ十数年アイツの副官として二人三脚でやって来たんだろう⁉　以心伝心で来てるんだろう⁉」

「所詮俺なんて部下でしかないんですよ！『主の心配など身の程知らずが』って怒られそうじゃないですか！」

「言いそうだなあアイツ……！」

「でしょう！　だからライバルとして対等の立場にあったアナタの力を、是非！」

傍から見ると困難なミッションの押し付け合いにしかなっていなかった。

傍観する連中の『やっぱコイツら血の繋がった親子だな』って表情が痛々しい。

とにかく意気消沈のグランバーザ様をこのまま放置しておくことは胸が痛み過ぎるので何とかしたいが、その妙案が浮かばない。

何しろデリケート過ぎる問題だから。

どうしたらいいかとアランツィルさん共々頭を抱えていると、当のグランバーザ様が部屋から出てきた。

「「ひぃッ⁉」」

「どうしたのだ二人とも？　ヒトをゴーストのように見て？」

冗談めかした口振りだが、やはりグランバーザ様の表情は暗い。

一人心の中で、自責と後悔を反芻していたのだろう。

「ふふッ……、生き物とはしっかりしたもので、心が落ち込んでいても腹はすくし喉も渇くらしい。水を一杯貰おうと思ってな」

「はいはい！　はいどうぞ‼」

俺は慌ただしくコップの水を差し出す。

それをゆっくり、口つけて少しずつすする。

コップから口を離しても、中の水は半分も減っていなかった。

「……ダリエル、私を見縊るなよ」

「は、はい……⁉」

「たしかに今回の一件は痛恨事だった。私のこれまでしてきたことのすべてが否定されるほどの。

……だがな、それで潰れてしまう私ではない」

グランバーザ様は、まだまだ弱っていたが、それでも折れない芯の強さが滲み出る。

「バカ息子が空けた穴を埋め合わせるためにも、この老骨に鞭を打たねばな。まず事の仔細を魔王様に報告して謝罪し、許されればバカ息子に代わる新たな四天王を選抜せねば。そのあと、バカ息子が滅茶苦茶にした魔王軍の立て直しにも尽力したい……！」

それがただ、心に受けた傷の痛みを多忙で忘れようとしているのだとしても、それがグランバーザ様を癒す唯一の手段であるなら、それもいいと思った。

やっぱりこの人は、引退しても走り続けなければならないように出来ているんだ。

「そういうわけでダリエル。私はそろそろお暇させてもらおうと思う」

「え……ッ？」

もうですか？　もう少し落ち着いてからの方がいいんじゃ……!?

「本当はもっと早く帰るつもりだったのに、気づけば長く留まり過ぎた。ここは居心地がよ過ぎる」

「まったくだな……」

そう言って話に加わったのはアランツィルさんだった。

「ここにいると、何十年という我が人生を支配してきた闘争心や、憎しみが、しおれて消えていくようだ。殺し合うだけだったお前とも、こうして馴れ合える」

「本当に、お前とこんなに和やかに過ごせるなど思ってもみなかった……！」

かつての宿敵同士は、歴戦で分厚くなった互いの手を握り合った。

「お互い引退したのだ、新しい関係を築き合っていこうではないか」

「同じあの子の祖父として……」

雰囲気を察したのか、マリーカが息子グランを抱き上げてやってくる。

お昼寝中のグランだったが、ここはお祖父ちゃんたちのために気張ってもらおう。

赤ちゃんは、二人の英雄の腕の中を渡って、再び母親の下に戻った。

「ダリエル、私もそろそろ失礼しようと思う」

「えッ⁉」

アランツィルさんの唐突な発言に、俺衝撃。

「な、何で……ッ⁉　アランツィルさんは特に用事もないでしょうに……ッ⁉」

「ははは、そりゃあもう引退した暇人だからな。それでも、ここにはちょっと立ち寄るつもりで来たんだ。あとを託した新人の成長ぶりを確認するために」

そこで、彼の人生すべてをひっくり返すような出来事が待っているなど予想しえただろうか？

「グランバーザの呪炎はまだ完璧にこの体から抜け切っていない。治癒師からやっと数日許可を貰っての外出だったのだが、期日はもうとっくに過ぎている」

「それは……ッ⁉」

「それに中央で色々やっておきたいこともできたしな。……レーディ」

「はは、はい」

呼ばれて畏まる現役勇者。

「お前がここでの修行を続けていきたいというなら、私がセンターギルドを説き伏せておこう。心行くまで鍛えてくるがいい。ダリエルの下であれば最強の勇者となれるはずだ」

「はい、必ず!!」

……俺にとってもこの出会いは、凄まじい意味を伴うものであるに違いない。

実の父親。

いるはずがないものと思っていたものが、実際はいた。

しかも最強の勇者であった。

その事実に俺はまだ実感を伴わず、父たる人にどう接していいかもわからない。

大体俺ももう自立した大人で、親の保護も必要ない歳だし。

どうしていいかわからないけど、とりあえず去るというこの人と固く抱擁し合った。

続いてグランバーザ様とも。

「案ずるな、またすぐに遊びに来るさ。暇を見つけて必ずな」

「その時は孫に山ほどのお土産を用意してこよう」

何か明日にでもまた来そうだなという雰囲気を残して二人は去っていった。

歴史に名を刻む、どこまでも壮大なる二人が。

どこにでもある田舎村には恐れ多過ぎるぐらい大きな二人であるが、また遊びに来てもらえればと切に思うのだった。

「あー、重苦しいのが帰ってくれて心が軽くなったのだわー」

「やっぱり圧迫感というか緊張感があるよねー」

そして二雄帰宅のあと、ゼビアンテスとレーディが心底解放されたような顔つきになっていた。

コイツらも早く帰ってくんねえかな。

四天王ドロイエ、勇者を待ち受ける（四天王ｓｉｄｅ）

ラスパーダ要塞。

そこは魔王軍の重要拠点。

人間族と魔族の勢力圏、その境界線上にあるというだけでなく、それぞれの本拠地……。

人間族ならばセンターギルド本部。

魔族ならば魔王城。

この二点を結ぶ中間に建てられた要塞。

勇者が魔王の下へ攻め込むには、この要塞を突破しなければならず、また魔族にとってはここが最終防衛線。

ここを越えられれば魔族領内で勇者を迎え撃たねばならないのだから。

ゆえに魔族にとって、この地は絶対に譲れない。

だから要塞には、常に魔王軍の最強戦力が備わっていた。

◆

「……クックック、ドロイエよ？」

「ん」

「水団（すいとん）ができたよ？」

「うむ」

魔王軍四天王の一人『沃地（よくち）』のドロイエは、今日も要塞で勇者が来るのを待ちかまえる。

敵がいつ攻め込んでくるかわからない状況だからこそ一時も気を緩めることはできない。

食事とて周囲を一望できる屋上にてとる。

「……なあ、ベゼリア」

「なんだい？」

「お前がいつも水団作るのって、やっぱり水属性だからか？」

「クックックク、お望みとあらば水煮、水まんじゅう、水炊き、色々用意してやるけれども？」

「いや、いい……」

そもそも四天王みずから食事の支度をするのはどうなのか、という疑問はとっくの昔に風化してしまった。

もちろんラスパーダ要塞には、他にも多くの兵士や魔導士が詰めているが、その頂点は四天王ドロイエ、ベゼリアのツートップである。

要塞は現状、この二枚看板にて守られていると言っていい。

「…………」

「ん？　どうしたんだい？」

「何そのスパイス？」

「えッ？」

「今お前が、自分の椀(わん)にガパガパ振りかけてるの、何？」

「いやいや？　ただの辛味だよ？　だってキミ辛いのが嫌いって言うからわざわざ別にしたんでしょ？」

「私も欲しい」

「いや待って？　だからキミ辛いのダメなんでしょう？　これ掛けたら辛くなるの、わかる⁉」

「いいから」

ベゼリアからスパイス瓶をひったくると、ドロイエは自分の椀の上でグワングワン振る。

そして舞い落ちる真っ赤な粉。

「あわわわわわ……⁉」

ベゼリアが戦慄して見守る中、ドロイエは表面が赤一色になった水団を一すすり。

「辛いッ‼」

「だから言ったのにッ⁉」

辛いのが嫌いなのに何故(なぜ)辛味を加えようとする。

結局赤一色の水団椀はベゼリアが引き取り、ドロイエ用に鍋から新しい水団をよそう。

「………………私は何をしているんだ？」

「まったくだよ？　おかしいよキミ何やってるの？」

ベゼリアがガチで心配するのももっともなことで、ドロイエの情緒不安定さは最近目に余るもの

があった。

水団を掻き込み満腹になったところで、ドロイエは改めて要塞の頂上から大声を張り上げる。

「勇者早く来ないかなあああーーーッ!!」

ということであった。

食べ終わりの食器を片付けながらベゼリアが渋い顔をした。

「……キミ、その奇声上げるのやめない？　守備兵たちが不安がってるんだけど？」

「何でだ？」

「自分らの指揮官が御乱心召されたんじゃないかってさ……!?」

彼女らが要塞に籠っている理由。

それはたった一つ。

攻めかけてくる人間族の勇者を迎撃するため。

魔王の命を狙う野蛮なる勇者を、全力をもって阻止するのが魔王軍の役割。

その頂点に立つドロイエも、ここに必ず勇者が来るとわかっているから守備に就いているのだが……。


ここ最近になって勇者が来なくなった。

それはそれで問題である。

当初こそ勇者パーティを防ぎ切り、撤退させること数回。

実力の問題で討ち取るまでには至らなかったが、何とか四天王の面目を保てているという自負のあったドロイエ。

それがある時を境にパッタリと来なくなった。

勇者が。

勇者を迎え撃つのが仕事なのだから、勇者が攻めてこなければ守備兵たちは何もすることがない。

しかし勇者襲来の可能性は消えてないので警戒を解くわけにもいかず、緊張して待ち受けるだけで時間が無為に過ぎていく。

そういう時間は、意外と精神を蝕んでいく。

適当に息抜きでもすれば精神の摩耗も防げるものだが、根が真面目なドロイエはそんな器用さも発揮できず着実に心を荒ませていた。

「……いやさ、キミも少しは休んだらどうだい？　気を張り過ぎだよ？　そんなんじゃそのうちぶっ壊れるよ？」

皮肉屋のベゼリアですら気に掛ける病状。

もはやドロイエは限界を迎えつつあった。

「そうはいかない！　私が休んだ隙を狙って勇者が攻めてきたらどうするのだ⁉」

「その時は私が防ぐから……⁉」

「お前一人では勇者パーティを抑えきれないのは既に証明済みだろう！　この要塞には、私がいなくてはならないのだ‼」

『自分がいなくてはならない』という焼き切れる寸前独特の考えにベゼリアは戦慄する。

これはもしや一刻の猶予もないのではないか。

「で、でもさぁー？　ここまで来たら勇者も諦めたんじゃない？　もうずっと姿を見せないのって、そういうことなんじゃないかな？」

「そんなことあるはずがない。勇者は、魔王様を害することのみが存在意義なのだ。それを諦めてどうする？」

「そりゃそうだけどさあ……!?」

勇者がまったく姿を見せなくても警戒は解けない。

いつか必ず、ここへ勇者が舞い戻ってくることは確実なのだから。

「……」

せめて、その『いつか』が確定していたなら、ここまで過酷な守備状況に陥ってないのだが。

現在、勇者の動向は杳(よう)として知れない。

魔王軍も兵を放って敵情を探っているが、有用な情報をまだ一つも持ち帰れていない。

その原因は、魔王軍の斥候の練度が低いから。

一定の水準に達していない。

それは元からそうだったわけでもなく、一つのきっかけから。

かつて魔王軍の諜報(ちょうほう)分野を一手に指揮していたのは暗黒兵士ダリエルであり、四天王補佐という職権から人間族の奥深くにまで間諜(かんちょう)を潜り込ませて有用な情報を奪取してきた。

しかしそのダリエルが解雇されたことによって諜報部門は指揮者不在。

さらに四天王リーダーを気取るバシュバーザが『下調べなど卑屈で華麗ではない』と言って顧みなかったため、古くからの諜報部門は機能不全を起こしている。

各所に放ち、潜伏させている諜報網も本部との連絡を絶ち、今や魔王軍は目隠ししたまま戦っているような状況だった。

「勇者……、勇者はどこで何をしているんだ……⁉」

まさに今、目隠し状態に陥っている当人がいる。

間諜を使い勇者の動向を把握することができれば、勇者いつ来るものかと神経を張り詰める必要はないのである。

あるいは、彼女の他に要塞を守る要員が揃っていれば。

たしかにラスパーダ要塞は、ドロイエとベゼリアという四天王二人の守りで盤石だが。

彼ら二人のみで片時も隙なく永遠に守り続けるには無理がある。

本来なら最低二人の交代要員がいて、定期的に守備を入れ替わるのが順当なのだが、そうしたシフトも組めないほどに当代四天王は機能不全に陥っていた。

火の四天王バシュバーザ。

風の四天王ゼビアンテス。

この二人がまったく働こうとしない限り、残る二人が倍働かなくてはならない。

その不均等な状況は、そろそろ限界を迎えようとしていた。

「…………ドロイエよ」

沈思黙考の末、ベゼリアが言った。

「バシュバーザとゼビアンテスに連絡を取ろう。彼らにも要塞防衛を手伝ってもらわないと」

「言って聞くような連中なら、今日まで何の音沙汰もないなんてない。ゼビアンテスに至っては所在すらわからん」

発足直後は期待の高まった新四天王であるが、今や名声は地に堕(お)ちていた。

血統しか取り得のないバシュバーザ。自由奔放過ぎるゼビアンテス。

当代四天王の評価が壊滅的なのは、特にこの二人によるところが大きい。

「協力に応じないなら魔王様に直訴し、彼らの罷免を訴えるんだ。その前段階として要請してもいいだろう」

「ダメだ。仮にも魔王様より信任を賜った私たちみずから同志を廃そうとするなど、あまりに恥知らずではないか。今ある戦力で要塞を守り抜く。それが四天王の務めだ」

あまりにも真面目なドロイエの性格。彼女の美徳でもあるものが今は災いしていた。

このままでは確実に崩壊が見えているとベゼリアは頭を抱えたが、僅か数日後、思わぬところから事態の急変がもたらされる。

現役四天王バシュバーザの、訃報である。

ゼビアンテス、久々に他の四天王と会見する（四天王ｓｉｄｅ）

四天王『沃地』のドロイエ。

四天王『濁水』のベゼリア。

四天王『華風』のゼビアンテス。

当代四天王が勢揃いするのは実に久々のことだった。

何ヵ月ぶりであろう。

本来これにもう一人加わってこそ真の勢揃いになるのだが、その一人はもう永遠に現れることはない。

だから三人で勢揃いなのだ。

「……バシュバーザは本当に気の毒だった」

まずドロイエが口火を切る。

「ヤツは、決して付き合い易い相手とは言えなかったが、それでも同じ四天王の同志だった。ヤツの冥福を皆で祈ろうではないか」

バシュバーザの死亡は、速やかに魔族領全土に亘って発表された。

ただ死因が今一つハッキリしない。

病死なのか、事故死なのか、名誉の戦死を遂げたのか、よくわからない。

晩年は四天王の責務も放棄して部屋に籠っているような輩だったので、どうせ不名誉な死に様だったのだろう。だからあえて伏せられているのだろうと誰もが察した。

「……はッ、あんなヤツ死んで当然なのだわ」

それこそ久々に会合に出席したゼビアンテスが言った。

故バシュバーザ同様、当代四天王の問題児とされる一人である。

「ゼビアンテス！　故人に対して、その口振りはあんまりだろう！　慎め！」

四天王ドロイエが色をなして窘める。

昨今の活躍ぶりから、当代四天王リーダー格の地位を盤石なものとしている。

今日の会合も、彼女が主体となって進められている。

「あのアホがやらかしたことを思えば罵られて当然なのだわ。アイツは多くの者たちの殺したいヤツリスト、ナンバーワンの座に輝いているのだわ」

対してゼビアンテスは、今なお当代四天王の問題児として認識されている。

重大な任務を賜る四天王だというのに勤勉ではなく、いつもどこかで遊び呆けている。

酷い時はどこにいるかすらまったく不明で、緊急時の意思疎通すらままならない。

「随分とのん気だねえ。自分の置かれている立場がわかってるのかいサボり魔さん？」

ベゼリアが久々に皮肉屋の本領を発揮する。

「キミだってバシュバーザ同様、『役立たずの四天王』に振り分けられているんだぜ？　バシュバーザが死んだついでにキミのことも処分しよう、って話になるかも、とか考えないのかな？」

「それならそれで別にかまわないのだわ」

かねてからの持論を繰り返すゼビアンテス。

「わたくしは元々なりたくて四天王になったんじゃないから、クビにされてもいいのだわ。それよかベゼリア、アンタこそ立ち回りがダサいんじゃないかしら？」

「私かい？」

「四天王の評価が落ちた途端ドロイエに付いて真面目ぶるなんて、皮肉屋の看板には似合わないのだわ」

「私は元から真面目なつもりだったんだがね。それにキミと違って四天王の座に執着があるんだ、私は」

「器のちっちゃいヤツだわ」

やはり一堂に会すると、皮肉や嫌味の飛び交う緊迫した場になってしまう。

二者の舌戦に溜め息をつくのは、今や四天王の正式なリーダー格ドロイエ。

「そこまでにしろ」

とはいえ、まだリーダーの風格を発揮するほどには慣れていない。

「ベゼリアの協力には大変助かっている。彼の援護なくしてラスパーダ要塞の防衛はありえなかった。ゼビアンテス、お前の力も貸してほしい」

「そしてどうするのだわ？」

「無論、ラスパーダ要塞を完全防衛するのだ。現在勇者の動向は不明であるが、いずれ再び姿を現し、攻めかかってくるは必定。今こそ四天王の力を結集し、完全無欠の迎撃態勢を整えるのだ‼」

「何で？」

「何でって……⁉」

「レーディちゃんは、しばらく要塞には来ないのだわ」

「は？」

その発言に、ドロイエだけでなくベゼリアも眉を寄せた。

「ゼビアンテス……、それはどういう意味だ？」

「へ？」

「レーディとは、当代の勇者の名だろう？　何故勇者が要塞に来ないと言い切れる？　まるで勇者の動向を把握しているかのようではないか？」

「…………」

尋ねてられて、ゼビアンテスはハッと気づいた。

ここ最近ゼビアンテスが入り浸っているラクス村には、問題の勇者レーディも修行のために滞在している。

ダリエルの強さに感銘を受けたレーディは、まだしばらく修行を続けると言っていた。

修行完了するまで魔王討伐に動くこともないだろうから、それまでは安心だと確信しているゼビアンテスなのである。

「…………」

そこで彼女はふと思った。

レーディとの交流を含めたラクス村での出来事を、眼の前の二人に話せばきっと驚くであろう。凄く驚くであろう。

勇者の所在も判明し、今すぐ要塞へ攻めてこない確信も取れるので余裕も生まれるはずだ。

こんな有用な情報を提供したゼビアンテス本人の評価も上がり、皆から見直されることであろう。

そこで、彼女は言った。

「いや、知らないのだわ」

「えー？」

「何となくそう思っただけなのだわ。勘弁なのだわ」

『今はまだ黙っていた方が面白い』。

ただそれだけの理由で、ラクス村で遭遇したすべてのことを秘匿することにしたゼビアンテスであった。

「ゼビアンテス！　貴様！　憶測だけでものを言うなよ会議の場で‼」

「ここで決まったことが魔王軍全体の方針に関わるんだからね！　あくまで！　確定したことだけを！　言って‼」

「あははは、ボロクソに言われ放題なのだわー」

自分が知ってることを他の者は知らない。

この状況が案外優越感を発生させて愉快であったので、ゼビアンテスはまだまだ口を閉ざすことにした。

「まあ、迂闊なことを言ってしまって、ごめんちゃいなのだわ」

「なんだい、キミも素直に謝罪が言えるんだねえ。いつもそれだけ可愛げがあればいいのに」

「はッ」

ドロイエもベゼリアも『何でコイツこんなに勝ち誇った表情なんだろう？』と疑問に思うのだった。

「それよりも、これからどうするのだわ？　具体的な方針が聞きたいのだわ」

「程なく、魔王様の名の下にバシュバーザの後任が選び出されるだろう。その者も加え、四天王一丸となってラスパーダ要塞を堅守する」

「堅守？　守るだけなのだわ？」

「仕方なかろう。私には、勇者対策において他に妙案が浮かばないのだ」

ドロイエが忸怩たる表情で言った。

「情けないことだ。結局四天王と言えど策略面でこの程度の見識しかない。軍隊をいかように運営するか、どのように敵の裏をかくか、その知識に欠けている。それをこの一年、嫌と言うほど味わった」

「元々四天王は絶大な魔法力を基準に選ばれるんだから、それでいいじゃない。専門外のことまで期待されても困るんだわ」

「それでも頑張っちゃうのがドロイエのいいところであり悪いところなんだ」

四天王三人、口々に思ったままを言う。

「……いや、この我々の欠点についても本当はちゃんとフォローがなされていたはずなんだ。ダリエルだ」

「あー」

「あの有能な補佐官が戦略面政治面をサポートし、私たちが充分に実力を発揮できる状況を作り出す。それが最初に想定されていた最新四天王の理想形だった」

しかしその理想の形をいきなりぶち壊しにした人物がいる。

バシュバーザ。

彼がダリエルを独断で解雇したことが、歯車が噛み合わなくなった始まりではなかったか。

「ダリエルの解雇にはキミも賛成したよね」

「はぁー？　それならアンタだって同じなのだわベゼリア。まずバシュバーザのアホが言い出して。次にアンタが賛成したから、わたくしも同じ側に回っただけだわ」

「多数派の意見についただけかよ」

「あのあと宝石商が宝石を見せに来る予定だったので、早めに会議を切り上げたかったのだわ」

「解雇に賛同した理由それだけ⁉」

この場にダリエルがいたら泣き出しそうな内容であったが、過ぎ去ったことは仕方がない。

新リーダー、ドロイエは結論を下す。

「私は、再びダリエルを四天王補佐として迎えようと思う」

「えー？」

「皮肉にもバシュバーザが死んだことで、彼に否定的な意見はなくなった。今こそダリエルを四天王補佐に戻し、完璧なサポートを実現してもらおう」

「ダリエルと話はできるのだわ？」

ゼビアンテス、一応聞いてみる。

「いや……、実のところ随分前から探させているのだが、行方が知れない。お前たちからも私財を出して捜索に協力してくれないか？」

「仕方ないね、リーダーの指示とあっちゃ逆らうわけにもいかない」

意外と素直に同意するベゼリア。

その横でゼビアンテスが難しい顔つきをした。

改めて言うまでもないが、ゼビアンテスはダリエルの居場所を知っている。

というか彼の住居から、ここ四天王の会議場へとやってきたのだ。

ここで『ダリエルの居場所なら知っているのだわ』と言えば私財を投げ出すまでもなく、すぐさま問題解決する。

やはりそれでは面白くない。

既に正解を知っている自分が、まだ何も知らない者たちがまったく見当違いを探している様を眺めるのは、とても楽しいだろうと思うゼビアンテスなのである。

「それでいいなゼビアンテス⁉　お前も四天王に残りたいなら協力してもらうぞ‼」

「……わかったのだわ」

「何で半笑い⁉」

大体の者はもう気づくことだろうが……。

ゼビアンテス、相当性格が悪かった。

四天王ゼビアンテス、おっぱいを揉まれる

「ねー、ねーねーねーねー？」

ゼビアンテスの小娘が、戻ってくるなり俺にまとわりつく。

……『戻ってくる』？

いやダメだろ、コイツがいることが通常になっちゃ。

「ねーねー、ちょっと聞きたいことがあるのだわ？　わたくしのためにアナタの時間を割くのだわ」

「やなこったい」

何で俺の時間が貴様なんぞのために浪費されなければならんのだ。

ただでさえミスリル鉱山の復興で大忙しな今日この頃。

何とかスケジュールをやりくりして我が息子グランくんと遊ぶ時間を捻出できたというのに。

親子水入らずの時間に割り込んでくるな。

「そー言うなのだわ。わたくしも一緒にグランくんと遊んであげればいいのだわ」

と言って女、俺の手からヒョイと我が子を抜き去る。

「あーッ!?　マイサンッ!?」

「大丈夫なのだわ、この子わたくしにもよく懐いているのだわ。ねー？」

事実、ゼビアンテスの胸に抱かれグランくんは健やかだった。

我が子ながらちっとも人見知りしない大物ぶりは将来を期待していいのか心配していいのか微

妙。

「あんッ……。この子抱っこするたびおっぱい揉んでくるのだわ。やんちゃさん」

そして妙齢の女性に抱っこされると必ず胸を揉む癖は何なのか？

たまにこの子の将来が本気で心配になる。

「あー……、で？　聞きたいことって何なのよ？」

俺はヘタに抵抗するよりも早めに用件を済ませて追い払った方が全体的に浪費する時間は少なく済むと判断した。

なので用件を言え。

「んーとね、今日久々にドロイエとベゼリアに会ってきたのだわ」

「あー」

それは数日前のこと。

『四天王緊急会議が開かれるから出席してくれ！』と我が親友リゼートが泣いて頼みに来た。

俺と違ってまだ魔王軍に籍を置いているアイツは、魔王軍存続のため身を粉にして働かねばならない。

ゼビアンテスは現四天王の一員なのに職場放棄してウチに入り浸っているので、いい加減職場に顔を出してくれと土下座しに来た。

しかし自分のことしか考えないゼビアンテスは拒否。

俺が一緒に土下座してもなお応じてくれなかったので最後の手段としてマリーカにお願いし、トレイでボッコボコに殴ってやっと送り出した。

そして今日帰って来た。

「ほーん、そうか、あの二人元気だった？」

俺は特に興味もないけど付き合い程度の返しをする。

自分を解雇してくれた元上司、いい話にしても悪い話にしてもリアクションが取りづらい。

「ドロイエが精神を病みつつあったのだわ」

「何があったの⁉」

タイミング的にはバシュバーザが死んだので、それに伴う方針転換でも話し合うんだろうと推測していた。

ゼビアンテスの土産話を聞くところによると、案の定改めての一致団結を確認し合い、ラスパーダ要塞の警備をより固める方針で統一されたそうな。

「まー、地味だけど正しい戦略なんじゃない？」

ラスパーダ要塞は、勇者が魔族領に侵攻するため絶対確保しておかなければならない要所。

そこを死守する限り魔王軍に負けはない。

勝ちもないけど。

ここで名うての暗黒軍師でもいたら、要所を確保しつつ硬軟様々な手を織り交ぜて人間族側に揺さぶりをかけるだろうが、そうした知恵袋は当代の魔王軍にはいない。

無い知恵を絞るぐらいならできることを確実にこなしていった方が、効率いい。

「……ドロイエ様は、よくやっている」

俺が残したたった一つのアドバイスにしがみついて、要塞を堅守。

一番重要な部分を見抜いて、そこだけに全力を注ぐのは、千の策を同時進行するよりも現実的で適切だ。

「んでー、わたくしも時々要塞の守備に入ることになったのだわ」

「うん、入りなさいよ」

って言うか時々じゃなくて毎日入れよ。

今までサボってた分、仲間に楽させてやれ。

「えー？　嫌なのだわ。勇者なんか攻めてくるわけないのに、何で無駄な警備なんてしなきゃなのだわ？」

うん、まあ、そうなんだけど。

当の勇者があっちで素振りしてるもんねえ？

「じゃあ何？　結局お前は俺に何が聞きたいの？　サボりの口実？」

「そんなの必要ないのだわ。この四天王『華風(かふう)』のゼビアンテス。サボる時は堂々と理由もなくサボってみせるのだわ！」

ちなみに我が息子グランくんは、この間もずっとゼビアンテスに抱っこされて彼女のおっぱいを揉みまくっていた。

「…………じゃあ、何？」

何が聞きたいの？

「ラスパーダ要塞の上手い守り方を教えてほしいのだわ！」

……。

うん？

「アナタ、先代から補佐としてあの要塞の警備に就いていたのだわ！　効率的な守備兵の運営法とか、思わぬ裏技とか知ってるはずなのだわ!!」

……。

ええはい。

そりゃ知ってますが……!?

「なんか悪いもんでも食ったの!?」

「物凄い失礼な言われようだわ!!」

いや、だってそう思うでしょうよ!?

ゼビアンテスが効率のいい仕事のサボり方ではなく効率のいい仕事の進め方を学ばんとするとは!?

マリーカのトレイで頭叩かれ過ぎたか!?

大丈夫？　治癒術師に診てもらう!?

「正気を疑うのも仕方ないのだわ。ここは詳しく話を聞くのだわ」

おう説明してくれ。

でないと俺はお前の正気を疑うしかない。

「最近気づいてきたんだけど、ドロイエとベゼリアの二人……」

「うん？」

「わたくしのことをアホだと思ってるみたいなのだわ」

やっと気づいたのか。

「これを屈辱に感じないほどわたくしの頭はハッピーではないのだわ。そこで今の状況をチャンスに変えて、わたくしのインテリジェンスなところをアピールしていきたいのだわ」

あー、それで。

俺直伝の用兵術とか要塞の裏の裏まで知り尽くした水も漏らさぬ守備を披露して……。

ドロイエ様やベゼリア様から見直してもらおうと……。

「カンニングじゃねーか⁉」

俺の知恵を拝借してるから、お前自身の実力じゃ全然ねえじゃねーか⁉

「ダメだよ、他人の力を自分の力のようにして振る舞ったらバシュバーザみたいになっちゃうよ……！」

「うっぐ、ボディブローのように腹に響く言葉なのだわ……！　でも大丈夫！　わたくしは二人をおちょくるために力を借りるのだから、セーフなのだわ！」

何がセーフアウトの基準なのかわからない。

まあ、話を聞けばドロイエ様も要塞警護に相当負担が掛かっているようだし、このアホを通じて策を授けて、いくらか楽をさせてあげたいなあとも……。

「でもなあ……」

別の観点から、俺は危惧を感じる。

俺は既にラクス村に居着いて所属は人間側になっている。それなのに魔族陣営に肩入れして問題ありはしないかと。

「できれば俺は、勇者にも魔王軍にも肩入れすることなく中立を保ちたいんだよなあ。それが双方への義理立てにもなる」

「そういうことなら安心なのだわ！　ちゃんと人間側にも配慮できるのだわ！」

え？　どういうこと？

「ここでこの子も一緒に聞くんだから」

「え？　何です？」

気づけば素振りを終えたレーディもこっちに来ていた。

……。

たしかにさあ、守り手だけじゃなく攻め手まで一緒に聞いてれば手の内丸わかりでどっちにもプラスにもマイナスにもならない気がするけど……。

「だったら最初からやらなくていいんじゃ……」

って気もする。

だがドロイエ様の精神的負担を軽くしてあげるためにも、効率のいい守り方はゼビアンテスを通じて授けておくか。

というわけで。

急きょゼビアンテスとレーディを並べて緊急講座『俺流』攻城&守城戦の極意（ラスパーダ要塞編）を伝授してあげた。

途中で二人とも泣き出してきたけど徹底して叩きこんだ。

ゼビアンテス、讃えられる（四天王ｓｉｄｅ）

その日、魔王軍四天王の一人『華風』ゼビアンテスは、ラスパーダ要塞に入った。

防衛の任に就くためである。

「遅い！」

そして着任するなり怒られた。

「お前！　今度こそ真面目にやると言っておきながら、なんだこの体たらくは⁉　お前の着任日は！　一日前だぞ！」

既に丸一日の大遅刻をやらかしていたゼビアンテス。

しかし彼女の強気は崩れない。

「ヒーローは遅れてやってくるというセオリーを守ったのだわ。わたくしなりの演出なのだわ」

「いいから、そういうの」

四天王の同僚であるドロイエとベゼリアの表情が、完全に『可哀相な子を見る目』になっていた。

「……で、サボったキミが私たちより疲れたような感じになっているのは、何で？」

「目の下にクマができてるぞ大丈夫か？」

ゼビアンテスが出勤するなり疲労困憊の体なのは、朝方までダリエルのレクチャーを受けて徹夜してしまったから。

当人としてはもう一日サボってしっかり休養を取ってから出勤したかったが、ダリエルから『お前寝たら習ったこと全部忘れるだろ』と言われ叩き出されたという。

そしてダリエル本人も、そのまま村長の仕事に戻っていったとか。

「ふっふっふ……！　しかし苦労の甲斐はあったのだわ。今日この時をもって、アナタたちのわたくしへの認識を三六〇度変えてみせるのだわ!!」

「「……」」

二人はもうツッコむことを諦めた。

そしてその瞬間から猛勉強の成果が発揮されるのであった。

◆

「ここにドーン！」

「「おおッ!!」」

ゼビアンテスは、要塞内に数多く並べられた像の一つの首を決められた回数だけ回すことで、その後ろにある秘密の通路への入り口を開いた。

「要塞にこんな隠し通路が!?」

「魔族領側の街道沿いに出るはずなのだわ！　いざという時はこれで脱出すればいいのだわ!!」

無論これもダリエルから教えられた秘密であるが、ゼビアンテスはさも自分自身が発見したかのように見せつける。

「さらに！　守備兵の効率的な運用シフトを用意してみたのだわ！　重要箇所を効率的に守って兵士への負担を軽減するのだわ‼」

「おおッ⁉」

これもダリエルが現役時代に実施していた警備モデルを丸パクリしたものでしかなかったが、それだけに効率的であったためにドロイエたちの度肝を抜いた。

「凄い！　これならば今より少ない人員で同水準の守備力を保持できる！　それだけ多くの兵士に休養を与え、万全状態を維持できるぞ‼」

「カッカッカ、その通りなのだわ！」

ポジティブなリアクションに有頂天となるゼビアンテスであった。

「ちょっと待って、この防衛体制ヤバくない？」

「どういうことなのだわ？」

皮肉屋ベゼリアの厳しい審査が襲い掛かる。

要塞見取り図に示された布陣を囲み三人の意見が飛び交う。

「ほらここ、右翼側に警備の穴があるよ。周囲の兵からも死角になるし、ここから潜入されたらまず気づけないい」

「たしかに⁉　ではここにもう一人兵士を配置して……！」

ドロイエが修正しようとするのを、ゼビアンテスが止める。

「ちちちちち、それこそ素人の浅はかさなのだわ」

「なんだと？」

「あえて隙を作ることで敵を誘い込む兵法があるのだわ。拠点守備も同じ。こうしてあからさまに警備に穴を開けておけば、敵は必ずそこから入ろうとするのだわ」

「これで我々は敵の侵入路を容易に予測できるというわけだな⁉」

「完璧な警備はそれだけエネルギーを消耗するのだわ。注意を特定箇所に集中できるということでも、この布陣は効率的なのだわ」

これもまたダリエルからの受け売りでしかなかったが、ゼビアンテスはおくびにも出さず自分自身の発案のように振る舞った。

こういうところだけ小狡さが回る女であった。

「素晴らしいぞゼビアンテス！　まさかお前がこんな知略を隠し持っていたとは‼」

「能ある美女は爪を隠すのだわ」

「まさか……、お前の要塞到着が遅れたのは、これらの戦術を練り上げるために？　目にクマまで作ったということは、それこそ今朝方まで……⁉」

「本当に辛かったのだわ……‼」

この辺は事実に限りなく近かったのでゼビアンテスのホラに実感が伴った。

「すまないゼビアンテス……‼」

純真なドロイエはすっかり騙されて感涙まで流す。

「お前は、気分だけで行動する摑みどころのないヤツだとばかり思っていた。遊ぶことしか考えず、義務感も責任感もなく、共に働く者の作業量を倍にする効果しかない呪いのアイテム的な存在だとばかり思っていた……！」

「し、仕方ないことなのだわ……!?」

薄々勘付いてはいたものの、それでも予想を遥かに上回る酷い評価にゼビアンテスの頬が引き攣った。

「しかし、私の目は節穴だった……！　お前はやはり誇り高い四天王の一員だ。こんなにも努力して、欠点を補おうとしていたとは！　お前がいてくれれば当面戦術面は安心だ!!」

「あはははははは！　何でもわたくしに任せておけばいいのだわ！　今日からわたくしを風の美女軍師と呼ぶがいいのだわ!!」

すっかり調子に乗って適当なことを口走るゼビアンテス。

その横で、見取り図の上に配置された戦術性奥深い布陣図をジッと見下ろす男がいた。

四天王『濁水』のベゼリアであった……。

◆

ゼビアンテス発案（ということになっている）警備シフトが実施されて数日。

要塞外縁に当たる区画を警備兵が巡回していた。

見回る兵士は二人一組。

それぞれ魔王軍では最下級の暗黒兵士だった。

「……平和ですねえー」

「そうだな……」

二人一組のうち、一人は若い新兵で、もう一方はやけにくたびれた中年の古参兵だった。

勇者の襲撃がパッタリやんで数ヵ月。末端の兵士にも緊張感が尽き、奇妙な慣れが生まれつつあった。

加えてゼビアンテスからもたらされた警備の新シフトが、休養できる兵士を増やし、要塞にはのどかなムードが広がっている。

「いやでも、シフトが変わって助かりましたね。お陰で休みが増えました」

二人組のうち、若い方の兵士が言った。

「どんな形でも休みが増えるのはいいことですよ。まして警備の兵は少なくなっても、防衛体制は弱くなってないんでしょう？　凄いですよね。ゼビアンテス様が考えてくれたんでしょう新シフト」

「……らしいな」

年配の方の兵士が応える。

「噂ではゼビアンテス様ってただのアホだって言われてましたけど、やっぱ噂なんてアテになりませんねー。強力な魔導士である上に軍略にも明るいなんて。さらに美人なんて完璧過ぎますよ！」

「………………」

「ドロイエ様も美人だし、これで新しい火の四天王が着任されたら要塞は盤石ですよね！　勇者なんか戦うまでもなく逃げ出しちゃうかも‼」

若兵は、楽観的な憶測を迂闊に並べ立てたが、対して古参兵の表情は硬かった。

何かしら疑問を抱えている顔色だった。

「新入り。お前はここに着任して、どれくらい経った？」

「はい？　三ヵ月目ですかね。ここの仕事には大方慣れたつもりですけど……？」

「じゃあ知る由もねえか。自慢じゃねえがオレはもう十五年暗黒兵士をやってる。途中別部署に配置換えになったこともあるが、このラスパーダ要塞にも通算六年は勤務している」

最下級といえど、一つの職務を十年単位で務め上げたベテランにはエリートとは違った凄味が伴う。

「それこそ、今の四天王様が就任する前からオレはこの要塞にいたんだ。だからわかる」

「何がです？」

「この配置は、前にも敷かれたことがある」

ゼビアンテスが提案した（ということになっている）警備布陣は、以前にもまったく同じものがあり、それを経験したことがあるとベテラン兵士は言うのだ。

「へえ……、そうなんですか？」

「お前、ことの重大さがわかってねえな？」

「だって偶然同じになることぐらいあるんじゃないですか？　今の布陣は効率性最高だって話ですし、それくらい正解に近づけば自然と似通った形になるんじゃ？」

「どんなに効率化してもよ、生き物である戦場に対応した布陣は考えたヤツの性格が出るもんだ。だから違うヤツが考えてまったく同じなんてありえねえ」

「そうなんですか……？」

「それなのにゼビアンテス様が考えたって言う布陣は、前にあるヤツが考案したものと細部まで似過ぎている」

「誰と似てるっていうんです？」

問われてベテラン兵士は、その厳つい表情を益々硬くした。

「因縁の相手さ。ある意味、今の四天王様方とはな」

「因縁？」

「アイツをクビにしたと聞いて、正直今度の四天王はダメだと確信した。それが今になって、どうしてアイツの影がチラつくんだ？」

十五年に亘って最底辺で踏ん張り続けた古参だからこそわかる空気。

「アイツの名声は知る人ぞ知るだからな。歴代最強『業火』の懐刀。階級は底辺でありながら四天王補佐という要職に就いた奇跡の男。裏方に回ればどんな職務も忠実にこなす、完璧と重厚の仕事人……」

そう呼ばれた人材が、かつて魔王軍にはいた。

「面白い話してるねえ？」

「ひぃッ⁉」

いきなり声を掛けられて、特に若い方の新兵が驚き飛び上がった。

新たに現れた人影は、末端の兵士が震えあがるほどの重要人物であったから。

「べべべべべべ、べゼリア様⁉」

現役四天王の一人『濁水』のべゼリア。

魔王軍の頂点に立つ一人。

「何故このようなところに⁉　いえあの、これは！　別にサボっていたわけではなく‼」

「いいからいいから。見咎めに来たんじゃないんだよ。兵士長に問い合わせてね。この要塞にもっとも長く勤めている兵士は誰かって。……キミらしいじゃないか？」

べゼリアの視線が、厳つい顔の古参兵に向く。

『濁水』の称号に相応しい、ねっとり絡みつくような視線だった。

「私にも聞かせてくれないかな？　キミが感じた違和感のことを？」

書籍版オリジナル書き下ろし

父、狼狽(ろうばい)する

彼の名をエンビルといった。

かつてのラクス村の村長であった。

今は違う。

村長の座を娘婿に譲り、引退した。

あとを受けて村長となったダリエルは、元々フラリと現れた余所者(よそもの)ではあったが、村に定住するなりすぐさま溶け込み、完全な村の一員となってしまった。

彼の娘もダリエルを気に入り、驚くほどのハイペースで結婚出産までこぎ着けおった。

なのでこの際と、義理の息子となったダリエルに村長職を譲り、みずからは第一線から退く。

以前は兼任していたギルドマスターの職一本に専念。

楽隠居のつもりであったが、新たに村長となった入り婿が超有能であったのに起因し、村は大きく発展。

それに関連してギルドマスターの職も多忙を極めていた。

抱える冒険者の数も、受け持つクエストの数もけた違いに跳ね上がる。

村長を兼任していた時期よりむしろずっと忙しい。

隠居どころか人生で一番働いている。

世界中どこにでもある片田舎の、今にも自然消滅しそうな寂れた寒村でしかなかったラクス村が、ほんの僅かな期間で大発展し、いっぱしの街のようになってしまった。

すべては娘婿であるダリエルの手腕。

恐ろしいまでの仕事の上手さ。一体どこで身に着けてきたのだろう。

ラクス村を訪れるまではどこで何をしていた。

当然誰もが持つべき疑問で、誰もが聞きたがったであろうがエンビルは尋ねなかった。

ダリエル自身が聞かれたくない気配を発していたし、前歴に拘らず好ましい人物であることはダリエル自身を直観すればよくわかることだった。

彼のやりたいようにさせれば万事上手くいく。

そう思って任せきりにして実際に上手くいった。

エンビルの年長者としての人を見る目が炸裂した結果で、前村長の面目躍如というところだった。

昔のことを話したくないのは、きっと何か事情があるからだろう。

ならばそっとしておくのが一番よい。

そうして何も聞かないまま過ごしてきた。

その結果が……。

◆

……こうであった。

「いや、ダリエルのことを受け入れてくださり本当にありがとうございました。私からも改めて礼を述べたい」

「おい待てグランバーザ。どうしてお前が挨拶しておるか？　そういうのはどう考えてもダリエルの実父である私の役割だろうが！」

ただ今。

エンビルの面前に両雄が並び座っていた。

一人は人間族の英雄アランツィル。

もう一人は魔族の英雄グランバーザ。

一方は勇者、もう一方は魔王軍四天王の一人として数々の武功を立て、歴代最強と名高い。

彼らが実際に活躍したのは何年も前のことで、今では双方老齢にて引退してしまっているが、だからこそエンビルの世代にはドンピシャで、数々の武勇談をナマで伝え聞いたものだった。

彼にとってアランツィルもグランバーザも伝説の人物で、想像の中で思い描くだけだった存在。

実際に顔を合わせることなどあり得るはずがなかった。

しかしそれが今、現実の中で起きていた。

一体何故(なぜ)。

「ともかくアナタの御息女とダリエルが一緒になったからには我々もまた縁者。家族同然のお付き合いをお願いいたしたい」

「無論実父である私とも！」

と両雄から揃って杯を差し出される。

しがない田舎村の元村長、場に流されるまま自分も酒の入った杯を進め……。

「か、かんぱーい……？」

「「乾杯!!」」

最強勇者、最強四天王、そしてただのオッサンが持つ三つの杯が触れ合ってカチンと鳴る。

わけがわからなかった。

全世界から畏怖される最強二人が、名もないオッサンと何故お酒を酌み交わしているのか。

いや、本当はわかっていた。

ダリエルであった。

娘と結婚したあの好青年は、なかなか経歴を語ろうとはしなかったが、まさかこんな巨大な秘密が隠されていたとは。

前半生、人間族でありながら魔族の中で育ち、四天王筆頭の地位にあったグランバーザに指導される。

一方で、その出生は大勇者アランツィルを父に持つ血統。なんか物心つく前に生き別れて、当人たちもつい最近まで知らなかったとか。

人間族と魔族。二種族それぞれの最強と関わりのあるダリエルとはいったい何者なのか。

そりゃ小村の一つぐらい朝飯前で復興させる手腕もあるわ。

しかし、前村長であるエンビルにとってもっとも重要な点は別にある。

幼かったダリエルを保護し、一人前になるまで育て上げたグランバーザ。

実際にダリエルと血の繋がりがあるアランツィル。

そして娘マリーカと結婚したことによってダリエルと義理の親子関係となったエンビル。

これらを簡潔に言い換えるとダリエルの……。


養父グランバーザ。

実父アランツィル。

義父エンビル。


……ということになる。

「ワシ二人と並んどるッ!?」

つまりそういうことだった。

伝説的人物二名と、ダリエルの父親という点で同カテゴリ内に入ってしまった。

これは一般人としてはかなりキツい。

辛かった。

「ダリエルは幸せ者ですな。アナタのような者を舅に持てて。魔王軍人として必要なもののすべては私の手で叩きこんでやったつもりですが、一つの家庭を営んでいく者としてダリエルはまだまだ若輩。どうかアナタから御指導いただきたい」

「ダリエルにオーラの使い方を教えたのはアナタだと聞いた。いや、感心してな。基礎の部分を過不足なく絶妙に仕込まれていて、ダリエルは最初によい出会いを果たしたものだと」

社交辞令的なものを織り交ぜつつ、勇者と四天王が交互に酒を注いでくるのは一般人にとって相当なプレッシャーであった。

まだそんなに飲んでないのに吐きたくなるほどの。

自分は違うんです。

アナタたちとはまったく違う生き物なんです。

と。

実際のところはグランバーザやアランツィルの方がよっぽど他とは一線画する存在で、エンビルこそその他大勢に過ぎないのだが……。

とにかく違う。

「……ん？　どうなさいました？」

「はッ⁉」

「酒が進んでおらぬようですが……？」

「いえいえ⁉」

アナタがたの放つプレッシャーのお陰で液体も喉を通らぬ……とは口が裂けても言えない。

「……わかっとらんなグランバーザ」

「ん？　何がだ？」

「お前がいるからに決まっておるだろう。お前は魔族。この人たちにとっては敵なのだ。敵と一緒に酒など飲めぬに決まっているではないか」

「ぬうッ、言われてみればたしかに……」

グランバーザの表情が曇るのへ、弾かれたように取り繕う。

「いやいやいやいやッ⁉　そんなことありませんぞ！　グランバーザ殿といえば大英雄！　その名声は種族の垣根を超えて響き渡っておりますぞ‼」

「いやはや、そうか……」

グランバーザちょっと嬉しそう。

意外とお世辞に弱い人だった。

「聞いたかアランツィル。ん？　どうやら私は人間族の間でも人気者らしいなあ。モテる男はつらいなあ？」

「ぐぬぬぬぬぬ……⁉」

そして張り合っとる。

英雄は意外に大人げなかった。

「何を浮かれとるか⁉　そんなのお世辞に決まっておるだろうが！　まさか『お前嫌われてるよ』と面と向かって言えるわけがないだろうが！　ねえ舅殿⁉」

「えッッ⁉」

どう答えても角が立つしかなさそうな質問をぶつけられて戸惑う。

「やめないか、舅殿が困っておるではないか？　まったくお前はいつもそうやって他人を巻き込んで現役時代もパーティメンバーを困らせておった様子ではないか？」

「それを言うならお前だって同じだろうが！　お前に引き連れられる他の四天王はいつもげんなりしていたぞ！」

「そんなことないが⁉　勇者を討ち果たし魔王様をお守りしようという情熱に皆、燃え滾っておったぞ⁉」

「そう思ってるのは、お前だけなんだなあ……」

「いいや！　げんなりしていたというなら、お前の仲間こそ！　嫌々付き合ってたからこそ侵攻してくるたび毎回パーティの顔ぶれが変わってたんだろうが‼」

「それはお前が毎度毎度パーティメンバーをぶっ飛ばしたからだろう⁉　私が丹精込めて選び抜いた精鋭たちを！　思い出したら腹立ってきたぞ！　何でこんなヤツと一緒に酒を飲んでいるんだ」

「やるか？」

「やるのか⁉」

そういうことになった。

杯を置いて立ち上がり、睨み合う二人。

「わああああああッ⁉　ちょっと待った待った‼」

和解したとはいえ数十年掛けて殺し合ってきた宿敵二人。

ふとしたきっかけで昔の空気を思い出し、対決モードに立ち戻ってしまう。

「やめてください！　やめてください！　今はあれです！　皆等しくダリエルくんの父親でしょう⁉　それがガチの殺し合いとかになったらダリエルくんが悲しむんじゃないですかね⁉」

それを止める立場にいるのはエンビルだけだった。

止めないという選択肢はないにしろ、英雄二人の衝突に一般人が割って入るのは類まれなるストレスだった。

エンビル疲れる。

「うむ、舅殿がそう言われるなら……」

「舅殿の顔を立てて引き下がってやるとしよう。命拾いしたなグランバーザ。舅殿はお前の命の恩人だぞ？」

「あ？　それはお前だろうが？　舅殿が止めてくれなきゃ死んでたぞ？」

「やんのか？」

「やんのか？」

そういうことになった。

「だからダメぇえええええッ⁉」

エンビル、気の休まる暇もない。

英雄と英雄の間に一般人が交ざることの大変さを身をもって実感した。

とんでもない人たちと親類縁者になってしまった。

どんな運命の悪戯があったらこんな数奇な立場に転がり込むことができるのだろう。

いやダリエルか。

ダリエルの存在自体が運命の悪戯と捉えられないこともないが。

「前にも何度も思ったが、とんでもない婿を貰ってしまった……!?」

とにかく今日まで身慎ましやかに生きてきた村人エンビルにとって、この状況はあまりにも過酷過ぎた。

このままでは二人の豪傑に挟まれてゴリゴリに磨り潰されてしまう。

「ところで、さっきも言ったが……」

「はいッ!?」

アランツィルから話しかけられ、義父ビビる。

心休まる暇もない。

「ダリエルにオーラの基礎を叩きこんだのはアナタなのだろう？　ということは冒険者であらせられるのかな？」

「……ああ。さすがにもう引退しましたがね」

とりあえず当たり障りのない話題でひとまず胸を撫でおろす。

「だが引退してなおオーラの扱いを許されているとは、名のある冒険者でなくては無理でしょう？

詳しく話を伺いたい」

かつての勇者アランツィルは、多くの優秀な仲間を必要とした。

魔王討伐はパーティを組んで行われる。

そうでなければ四天王を始めとする魔王軍の軍勢にたった一人で立ち向かえるはずがないからだ。

現役のレーディもまさに今、仲間集めに四苦八苦しているように先代アランツィルも現役時代、優れた精鋭をパーティに迎え入れようと余念がなかった。

「その頃の癖がまだ抜け切らぬというか、『強い』と感じた相手にはとりあえず声を掛けるようにしていてな」

「先代勇者様に認めてもらえるのは嬉しいですな！」

エンビルもかつては冒険者だった。

腰を痛めてからは一線を退いたが、それでも心はまだまだ現役に近い。

全冒険者の頂点というべき勇者から直接お褒めの言葉をいただけば、有頂天にもなるというものだった。

「しかし解せないのは、アナタほどの手錬を若いうちに見ていれば必ず覚えているはずなのだがな？　今日が初対面というのがどうにも腑に落ちぬ」

「単に見落としてただけじゃないのか？　お前の目が節穴で」

「あぁ？」

隙あらばすぐケンカを始めようとする宿敵二人。

エンビルは、いい加減慣れて苦笑で済ませるようになった。

「ワシなど所詮は田舎者。鳥なき里のコウモリを気取るばかりできっと勇者様の視界に入らなかったのでしょう」

「いや、現役時代の私は、優れた仲間の獲得に何より心血を注いでいた。ギルドのある街や村にはすべて足を運んだ。それでアナタほどの冒険者に気づけなかったというのは納得いかない」

「マジでか」

人間領にあるすべての冒険者ギルドに足を運んだというのか。

全部で一体いくつあるというのだろう。そのすべてをチェックしたというなら、なるほど先代勇者の偉大さは底知れない。

「単に強さだけで歴代最強になったわけじゃないってことだよなあ……⁉」

そして余談ながら、アランツィルからエンビルへの評価がやたら高いのが気になった。

「あー……、まあ……」

エンビルは、当時の記憶を手繰り寄せる。

かつて彼自身がもっとも輝いていた時期のことを。

「アランツィル殿が気づかれなかったのも仕方ないかもしれませんなあ。ワシがギルド所属で冒険者をやっていたのは、たかだか二、三年ぐらいのことでしたから」

「なんと、そんな短い期間？」

「ワシは出稼ぎ冒険者をしてましてな。ここではロクな仕事もないので近隣の街に出て、稼いでおりましたよ」

ラクス村を、ダリエルが復興させる遥か以前の話であった。

当時のラクス村は、これといった産業もなく寂れる一方の寒村で、若き日のエンビルも村に留まっていては食っていけず、やむなく仕事を探しに村を出た。

隣街で職を転々とした末、冒険者という仕事に出会って、これがもっとも自分に合っていると悟る。

「本当に水が合いましてな、一年ちょっとでA級冒険者にまで駆け上がれましたわ」

「たった一年でA級⁉」

「それって物凄くないか⁉」

アランツィルどころかグランバーザまで揃って驚愕。

両雄を唸らせるのだから間違いなく偉業なのだろう。

「益々納得いかないぞ！　そこまで才能溢れる猛者を何故スカウトできなかったのだ私は⁉　センターギルドだって私が見逃した逸材がいたら代わりに見つけて報告しろよ！　ホント使えない‼」

「魔王軍の私の立場からしたら、強敵が来ないのは助かるんだが……⁉」

驚愕やら困惑やらで益々混乱する。

そんな二人をエンビルは苦笑交じりでなだめ……。

「仕方ありますまい。さっき言ったように二、三年で田舎に戻ってしまったんですから……」

「一体何故⁉　それほどの才覚があればセンターギルドにも登用されるだろうに⁉」

「結婚しましてな。それを機に故郷に骨を埋めることにしたんです。家内とは……」

エンビルの視線がほんの少しの間横を向く。

キッチンで娘と共に皿洗いしている妻の姿があった。

「向こうで出会いましてな。慣れない田舎暮らしによく耐えてくれました」

「「…………」」

そう言うとアランツィルもグランバーザも返す言葉がなく、押し黙るばかりだった。

ふと、しんみりとした空気が宴席に広まる。

「……言われてみればその通りだな。結婚して家庭を持つ。そのことの方がずっと大事ではないか」

「戦場に出て命を奪い合うよりも。私もお前も人生の大半をそれに費やしてきた。なんと無駄だったのかと今にして思うよ……」

元々気遣い体質なエンビルであった。

この沈んだ空気を何とかしなければ！という使命感に囚(とら)われる。

「いやいやいや！お二人とて立派ですぞ！戦いもまた男の夢ではないですか！戦場を駆け抜け、功成り名遂げ、万人に畏怖される!! ましてアナタ方の場合、互いに認め合えるライバルまでいるのですから、これぞ男の本懐というべきでしょう!?」

「互いに認め合う？　コイツと？」

「ないない。一刻も早く死んでほしいといつも思ってた」

実際はそんなものであった。

エンビル『何で話に乗ってくれないかなあ？』と内心舌打ちしつつ……。

「ま、まあ、それでも戦いは男の夢ということですよ！　ワシも若い頃は暴れましてなあ！　同業から『破壊』のエンビル、などとあだ名までつけられたものですぞ！」

若気の至りまで持ち出して必死に場を盛り上げようとするエンビル。

この健気(けなげ)さで村長職を務め上げてきたのだが、そこから話は思わぬ方向へ飛び……。

「ん？　『破壊』のエンビル？」

「あの、そこわざわざ復唱しないでもらえます？」

老境に入っているエンビルにとっては面映ゆいエピソードであった。

現役の冒険者時代、ハンマー使いの豪傑として名を馳(は)せたエンビル。

『破壊』の称号をつけられたのは、それこそハンマーで何でも叩き壊してしまうがゆえだった。

しかしアランツィルの興味は思わぬところにあるようで……。

「もしかしてアナタ『三壊』の一人ではありませんか？」

「えッ⁉」

実に懐かしい単語に、エンビルの瞳孔が開く。

「よく御存じで⁉　そうそう、そんな風にも呼ばれていました。近隣の街に、ワシの他にもA級冒険者が二人いましてな。三人まとめて『三壊』などと呼ばれておりました！」

ノイン村のA級冒険者、『斬壊』のフローダ。

パープルトン街のA級冒険者、『決壊』のリトル・ヴィガ。

キャンベル街のA級冒険者、『破壊』のエンビル。

限られた一区画の中だけだが、一時代の主役を演じた猛者たちであった。

「……しかし勇者様がその名前を御存じとは。やはり世界中から精鋭を見つけ出そうとしていた意気込みは伊達ではなかったのですな⁉」

「意気込みというか、アナタ以外の『三壊』は私のパーティに加わってた時期があって」

「えッ⁉」

数十年越しに判明する意外な事実。

「『斬壊』のフローダと『決壊』のリトル・ヴィガ。私の求めに応じて魔王討伐の旅に加わってくれましてな。なんかことあるごとに『〝三壊〟が揃えば最強よ！』と叫んでいたから覚えていた」

「そんなことが……」

勇者パーティに加わるということは、冒険者にとって最大の栄誉。

その栄光を、自分と同格だった二人が得ていた。

その事実にエンビルは衰えた体を震わせずにはいられなかった。

「そうかぁ……、出世したんだなあアイツら！　いつもA級の割にケチなクエストしか受けなかったのに……」

鮮明に甦ってくる記憶。

エンビルは青春の日に戻ったかのようだった。心に瑞々しさが宿る。

「もう何年会ってないんだっけ？　ワシが村に戻ってから一度も会ってない気がするが。……あの、今ヤツらは何をしているんでしょう？」

勇者アランツィルも引退したし、その仲間たちもとっくに引退しているだろう。

そうでなくともエンビルの同期。

すっかりオッサンになってるんだろうなあと思いきや……。

「死んだよ」

「あれえええええッ⁉」

想像よりも辛い返答が来た。

「戦死だ。それこそ魔王討伐行の途上でな。……グランバーザ、お前も覚えているだろう？」

「え？　何年前のヤツだっけ？」

「二十五……いや二十四年前かな？」

「あのカーペット使って戦う男か？」

「いやそれより前だ。……まあ、彼の方が印象に残るのはわかるが」

勇者アランツィルと四天王グランバーザの戦いは、実に数十年に及んだ。

個人の戦歴としては驚異的な長さで、大抵は五年に満たないうちにどちらかがどちらかに敗北し、資格をはく奪される。

それは共に戦うパーティメンバーも同じ。

別次元にあったアランツィルについていくことができず任期中、何十人という仲間たちが死亡もしくは生きながら傷を負って去っていった。

そんなことが数えきれないほど繰り返された。ちなみに魔王軍側も同様で、グランバーザの現役時代、彼よりあとに就任し、彼より先に辞職した地水風の四天王は数えきれない。

それほどまでに両雄の戦いは長く激しいものだった。

「フローダもリトル・ヴィガも、加入後まもなく戦死してな。勇者パーティに加入して高揚していたのはわかるが、功を焦ってしまった。私もあの当時は若かったからなあ。もっと後期の頃ならフォローしてやれたんだが……」

「死んだのか、アイツら……⁉」

その事実判明は意外なほど大きなショックをエンビルに与えた。

もう何十年と会っていない、顔を思い出すのも困難になっていた連中だが、それでも死んでいたとは夢にも思わなかった。

自分と同じように田舎に戻り、嫁を貰って子どもを儲け、健やかに暮らしていると当たり前のように思っていた。

「…………」

「大丈夫か？」

あまりに落ち込んで、他の二人に気遣われるほどだった。

「……いや心配無用。冒険者は常に危険と隣り合わせ。クエスト中に殉職など普通にあり得る」

「しかし……？」

エンビルの青春時代を彩った三傑のうち二人が、もうこの世にはいない。

いやもしかしたら、残る最後のエンビルも成り行きによっては消え去っていたかもしれない。

勇者アランツィル直々にスカウトされた同期がいただけに、エンビルも時期さえ合えば勇者パーティに迎えられた可能性は高い。

そして同期たちのように、功を追い求めるあまり突出し過ぎて死亡。

充分あり得る話だった。

当時の自分の性状を思い出して、エンビル自身がそう思うのだ。

「そんなワシが、今日まで無事に生き延びられたのは……」

結婚したお陰。

出稼ぎ先で妻と出会い、身を固める決意をして田舎に戻ったこと。

それがなければ都会のギルドにいつまでも留まり、勇者との運命的な出会いを果たしていただろう。

それが悪いとも言えない。

戦いもまた男の夢だと言ったことにウソはない。

それでも今エンビルがこうして家庭を持ち、孫まで授かることができたのは……。

「……家内のお陰なんだろうなあ」

彼女と出会わなかった人生を想像できないエンビルであった。

「「……」」

無言で差し出される二つの杯。

「飲みましょう」

「今日はとことんまで」

「……はい」

三つの杯が触れ合った。

「今日まで生き残った者たちに乾杯」

「我々を置いて先に逝った慌て者たちに乾杯」

「敵味方に関わりなく、乾杯」

なんか男たちがわかり合った。

老いて年を重ねたからこそわかり合える。嬉しいこともあり悲しいこともあった。しかしそれらも特別とは思えないくらい色褪(いろあ)せ、遠い過去となったからこそ思い出話ができる。

「ダリエルと再会できただけでなく、とてもいい出会いもあった！　アナタのような含蓄ある年長者は、どんな場所であっても貴重だ！」

「いえいえワシなど！　アナタがたのような英雄に比べたらただ長く生きとるだけですわ！」

「それこそが貴重なのですぞ！　どうかダリエルに、アナタが生きて得てきたものを伝授してやってください」

結局意気投合。

エンビルは英雄二人だろうと仲良くすることをやめず、酒が入るほどに益々仲良くなり、打ち解けて、和気藹々(わきあいあい)となった。

酒瓶は次々空になり、話ははずみ、笑い声は響き、ついには歌い出す始末。

他の二人も止めるどころか手拍子を打って盛り上がる。

完全にオヤジどもの宴となっているところを……。

「お母さーん。これじゃあ煩くてグランちゃんがお昼寝できないよー」

「仕方ないわねえ……」

乗り出してきたエンビルの奥さんに全員しばき倒されたという。

あとがき

『解雇された暗黒兵士（30代）のスローなセカンドライフ』三巻をお届けいたしました！

作者の岡沢六十四（おかざわろくじゅうよん）です。

何とか三巻を出すことができましてホッとしております。

これも読者の皆さまが本を買ってくれたおかげで本当に感謝ですね。


三巻はバシュバーザとの因縁の対決ということで、かなりシリアスな展開になってしまいました。

タイトルにスローライフと書いてあるのに大丈夫かな？　と思いつつ、楽しんでいただけたら幸いです。

追放から始まったこの物語が、追放した本人を撃破することによって一応のケリはつきましたものの、まだまだお話のストックはたんまりありますので、引き続きご提供できたらとてもいいなあ！　と思っております。


そして何よりもう一つの朗報！『解雇された暗黒兵士～』のコミック版一巻が同時発売です！

コミック作画担当のるれくちぇ先生が奮って描いてくれたコミック版。ダリエルやマリーカなどが絵で生き生き動いているシーンがふんだんにあったり、今までイラストで出てこなかったキャラもビジュアル化していたりと見どころ満載！

是非書籍版と一緒にお買い上げいただけたらとても嬉しいです！


さてそんな感じで締めに入ろうと思います。

コミカライズのるれくちぇ先生だけでなく、書籍版のイラストを描いてくださるｓａｇｅ・ジョー先生、いつも美しいイラストをありがとうございます！

そして担当の編集Ｓ様、いつもお世話になっております！　おかげさまで三冊目も無事出版できました！

これからもますますよろしくお願いいたします！

意外と
普通に
着てくれそう
Sagejoh

転生したら第七王子だったので、気ままに魔術を極めます1〜6

著:謙虚なサークル　イラスト:メル。

王位継承権から遠く、好きに生きることを薦められた第七王子ロイドはおつきのメイド・シルファによる剣術の鍛錬をこなしつつも、好きだった魔術の研究に励むことに。知識と才能に恵まれたロイドの魔術はすさまじい勢いで上達していき、周囲の評価は高まっていく。

しかし、ロイド自身は興味の向くままに研究と実験に明け暮れる。

そんなある日、城の地下に危険な魔書や禁書、恐ろしい魔人が封印されたものもあると聞いたロイドは、誰にも告げず地下書庫を目指す。

転生貴族、鑑定スキルで成り上がる1～4
～弱小領地を受け継いだので、優秀な人材を増やしていたら、最強領地になってた～

著：未来人A　イラスト：jimmy

アルス・ローベントは転生者だ。
卓越した身体能力も、圧倒的な魔法の力も持たないアルスだが、
「鑑定」という、人の能力を測るスキルを持っていた！
ゆくゆくは家を継がねばならないアルスは、鑑定スキルを使い、
有能な人物を出自に関わらず取りたてていく。
「類い稀なる才能を感じたので、私の家臣になってほしい」
アルスが取りたてた有能な人材が活躍していき――！

解雇された暗黒兵士(30代)のスローなセカンドライフ3

岡沢六十四

2020年 3 月26日第1刷発行
2022年12月 5 日第2刷発行

発行者	森田浩章
発行所	株式会社 講談社 〒112-8001　東京都文京区音羽2-12-21
電　話	出版　(03)5395-3715 販売　(03)5395-3608 業務　(03)5395-3603
デザイン	小久江厚+モンマ蚕(ムシカゴグラフィクス)
本文データ制作	講談社デジタル製作
印刷所	株式会社KPSプロダクツ
製本所	株式会社フォーネット社

KODANSHA

ISBN978-4-06-518884-2　N.D.C.913　291p　18cm
定価はカバーに表示してあります

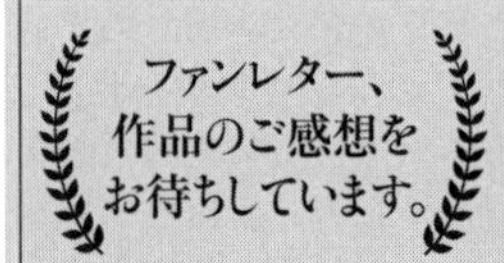

〒112-8001　東京都文京区音羽2-12-21
(株)講談社　ラノベ文庫編集部 気付
「岡沢六十四先生」係
「sage・ジョー先生」係